成为编剧

TO BE A PLAYWRIGHT

[美] 珍妮特·耐普瑞斯 著
秦娜 译

CFP 中国电影出版社
2017·北京

谨将此书献给我所有的学生

目录

致谢

在这里，我想感谢蒂娜·豪尔(Tina Howe)、芭芭拉·格林博尔(Barbara Greenberg)、莫妮卡·霍姆斯(Monica Holmes)、利兹迪格斯(Liz·Diggs)、伊丽莎白Poliner(Elizabeth Poliner)、玛丽·罗维·斯曼(Mary Low Weisman)、理查德·罗德(Richard Rhodes)、马克雷·洪德(Mark Ravenhill)、理查德·威斯利(Richard Wesley)、伦恩·詹金(Len Jenkin)、嘉里·加里森(Gary Garrison)、莱斯利·李(Leslie Lee)、诺曼·利维(Norman Levy)、杰克·帕克(Jackie Park)、帕里·希拉济(Pari Shirazi),马克·迪克曼(Mark Dickerman),理查德·沃尔特(Richard Walter)，伊斯雷尔·霍罗威茨(Israel Horowitz)、迈拉·阿普尔顿(Myra Appleton)、阿朗佐·戴维斯(Alonzo Davis)、吉姆·霍顿(Jim Houghton)、塞尔达·菲辛德勒(Zelda Fischandler)、苏西·格雷姆－阿德里亚尼(Suzy Graham-Adriani)、基普·吉尔德(Kip Gould)、朱迪斯·约翰逊(Judith Johnson)、赖尔尼·莱弗里(Bryony Lavery)、陈世珍(Shi-zhen Chen)、维克多·雷拉多(Victor Lodato)、杰克·甲斐(Jackie Jaffee)、吉安娜·切利(Gianna Celli)、卡罗尔洛·卡莫拉(Carol Rocamora)、苏珊·爱因霍恩(Susan Einhorn)，扎克·尤多科(Zach Udko)、

左哈·图尔(Zohar Tzur)、丽塔和波顿(Rita and Burton)、哥德尔(Goldberg)、大卫·奥本海姆院长(David Oppenheim)、玛丽·施密特－坎贝尔院长(Mary Schmidt-Campbell)、大卫·芬妮院长(David Finney)、马修萨托利·厄姆院长(Matthew Santirocco)、荣休·杰伊·奥利瓦校长(Emeritus Jay Oliva)、朱迪斯·艾维(Judith Ivey)、福瑞达·沈(Freda FohShen)、伊迪斯·米尔顿(Edith Milton)、我的助理贝斯·比格莱尔(Beth Bigler)、波西亚·克格里(Portia Krieger)和帕特里夏·麦克拉弗林(Patricia MacLaughlin)、我的经纪人谢尔丽·安德鲁斯(Cheryl Andrews)、编辑比尔·杰克·马诺(Bill Germano)和维斯勒弗雷德克里(Frederick Veith)，国家艺术基金会洛克菲勒基金会、奥尔顿琼斯基金、纽约大学研究资助，弗吉尼亚州的创意艺术中心，我的女儿卡洛琳、辛西娅和艾伦，我的丈夫多纳尔维利，以及所有给过我信任和支持的人——埃利奥特·诺顿(Elliot Norton),斯图尔特·布朗(Stuart Browne),维纳布尔·赫恩登(Venable Herndon)，拉里·马库斯(Larry Marcus)，查理(Charlie Purpura)，黛布拉·詹姆斯(Debra James)，夏娃·梅里亚姆(Eve Merriam)。

简介

我成长的地方是一个木制的三层房子，距离周围的邻居有几公里。房子有前后门廊、地窖、邮筒院子以及后巷。我们的邻居是格拉纳夫人(Mrs.Galarnaux)，一位卖墓地的女士。在每年的阵亡将士纪念日里，在我成长的地方，特定的时间里，我的邻居就会成为街区后四个坟场的核心人物。一大早乐队就在街角汇集，摆弄乐器，进行热身，这时格拉纳夫人会摆出花圈和蓝色天竺葵制成的花篮，而她的两个儿子则将墓碑清理一番，并期待着人们前来纪念他们逝去的亲人。

与此同时，军人们也向此处汇聚：美国退伍军人协会、国外战争退伍军人、犹太人退役军人（我父亲曾作为这支军队的将领，统率该军很多年），也有意大利的童子军、从圣地安哥拉天主教赶来的乐队、消防部门，以及埋葬在这里的士兵们的亲属，这包括了妇女、儿童、战士、警察、狗，一切准备就绪。二战后，这也是被看作爱国主义的一种表现。

我们的邻居里充满了各种各样的移民，有刚加入的爱尔兰人、犹太人和意大利家庭，他们都希望孩子可以融入这个环境，更加的美国化。对于这些家庭而言，教育是一条很不错的道路。因此对于这里可以催生伦纳德·伯恩斯坦（Leonard

Bernstein)、西奥多·怀特(Theodore White)、演员罗纳德莫尼类(他的父亲曾经在我父亲工作的鞋店旁开了一家理发店)、大学教授、诺贝尔奖得主、企业家、艺术家和作家之类的人物，也就不足为奇了。我们被鼓励拥有梦想，并希望我们可以驾驭着自己的梦想，冲破周边束缚，在更广阔的世界翱翔。我们中的很多人都居住在世界不同的地方，这有别于我们的父母。

流行电影的年代里，词曲家迪克·海默斯(Dick Haymes)和弗雷德·阿斯泰尔(Fred Astaire)通过上门售卖的方式推销他们的作品，如《我的蓝色天堂》。在这些电影里，主人公变得富有，得到或失去女孩，在经历一段痛苦后，重新赢得女孩儿的心，并发誓绝不再让她离去。那个周六的下午，我坐在东方剧院的下面，看着他们弹钢琴，创作音乐，也开始幻想，我何时才可以像他们那样创作歌曲和故事。

街头新开的那家马特潘(Mattapan)免费图书馆是一件大事。围墙全部是用书卷堆积而成，真的如它的名字一样，图书全部是免费的。在那些处处受限的时光里，“免费”是一个很神奇的词语。图书馆内的儿童房全部是新的木质圆桌和小椅子。与那些喧闹的街边相比，这里是一个可以让你走进自己世界的地方。

图书馆对我的启蒙源于每周六的故事会时间，谢天谢地，这个是在我最喜欢的那档节目之后开始。故事会的时候，图书馆馆员就会坐在椅子上，我们这些听故事的围绕着她坐在地板上。每次都会讲两个故事，而且还在期间配图讲解。讲完故事，还要做个小游戏，让小朋友们猜她心里所想的那个数字，猜得最接近的小朋友可以把故事书借走 2 周的时间。每次她说是几就是几，没有人怀疑过。比如她想的是 9，而你刚好猜到了 9 或者最接近，那么你就胜利了。那个时候能把书带走并放在床头阅读，是一个让旁人很羡慕的事情，还会因此赢得尊重。

我最喜欢的就是传记类的书籍，通过阅读这些书，我感觉自己就是穿梭在那些著名作曲家的生活轨迹中——莫扎特、贝多芬、海顿、门德尔松，更梦想着可以像他们一样进行音乐的创作。和所有同龄女孩子一样，进入高中一年级后，我也开始接触苏·巴顿(Sue Barton)的关于护士的系列故事；怎奈，我更喜欢的还是佩格的系列故事，有佩格在华盛顿，佩格在伦敦，佩格的新闻。回忆过去，我才意识到，其实那个时候，作家之梦就已经开始萌芽并发展。

我们家里只有三本书：父亲一本，母亲一本，第三本则是祖上传下来的一首诗歌集。此外我父亲还有一本奥德里斯·赫胥黎的文集《点对点》，我都不知道这本书是如何到我父亲手上的，连我母亲也抱怨，说没看到他看过这本书，可是我父亲却坚称这是他最爱的一本书。这本书一直被完好保存在父母卧室的那个玻璃柜里。我母亲的那本书，其实是一本小而发黄的《鲁拜集》诗歌，开篇这样写道：

致我的最爱
和乐充满了整个夜晚，
这一天会被感染，
就像阿拉伯人收起了帐篷，
然后悄悄离去。

书页是镀金的，被我母亲收在了抽屉里，我始终不知道这本书是谁送的，也偶尔听母亲提到过，这本书是那个本该娶她的男人送的，他带着她去音乐会、剧院，并引导她成为诗人，仅此而已。第三本书是长方形的，有些泛黄，还有一个封面。在《诗 101 首》文集中，每首诗都配了一幅图片，高中时我就已经可以完整地背下每一首诗了。书里收录了所有的经典诗歌，从华兹华斯（Wiliam Wordsworth）的《水仙》到惠特曼（Walt Whitman）的《船长，我的船长》，再到朗费罗（Henry Wadsworth Longfellow）的《儿童时光》，还有鲁德亚德·吉卜林（Rudyard Kipling）的《古庙战茄声》。我发现我对女诗人更感兴趣，艾米莉·狄金森(Emily Dickinson)，埃德娜·文森特·默蕾(Edna St. Vincent Millay)，伊丽莎白·芭蕾特·布朗宁(Elizabeth Barrett Browning)，乔治·艾略特(George Eliot)。后来我为罗克斯伯里纪念中学编写年报，想为每个毕业的女生写一句评论，有趣的是，我想要写的内容都可以在这本诗歌集中找到。

我从未幻想过有一天会成为作家。家庭传统的教育模式一直束缚着我仅仅从事着传统的文秘工作。直到后来，当我被波士顿拉丁女校录取后，家里人开始阻挠我继续求学。做白日梦是很愚蠢的。这让我想起了在罗克斯伯里纪念中学读书时的状态，过分追求经济方面的小阔，而不停地从事打字、缝纫、图书管理和幼儿托管工作。

但是写作对于年轻人来说，就是有一种想要讲故事的欲望。

我改编的第一部舞台剧是《小妇人》，剧中我扮演了所有的角色。演出就在我家的门廊。为了提高效果，我从做保姆赚得的钱里拿出了 25 美分，收买了邻家的小孩儿，让他们来观看表演。

再后来索菲亚·帕姆小姐走入了我的生活。她是高二时候的英文老师，同时她还在每年的 4 月用水仙花来纪念莎士比亚的诞辰日。她鼓励写作，尽管她同时在大学和职高教书，她对每个班级的要求都是一样的，即创作 10 篇原创小故事、20 首原创诗歌，阅读 20 本经典著作。思想教育很重要。

第一次完成了一个小故事后，我被帕姆老师请去谈话。在她仔细询问了我目前的状况，以及了解到我想成为一名作家时，她鼓励我申请读大学继续深造。当她了解到我家庭的真实情况后，还是决定和我的父母聊聊。坦白讲，我不确定她是否与我的父母见了面，但是在她的指导和帮助下，那年暑假我参加了系统的学习，完成了文化课知识的补充，并积极为申请大学做准备，此外，我仍然利用周末和晚上的时间，在一个医院图书馆做兼职管理员，以便赚取足够的钱。

每一位作家都有这样的故事：碰到一个可以发现自身才能的老师，并受到老师的鼓励，最终实现理想。索菲亚小姐和我之间就是这样的一种关系。我们很多年来都有联系，每年的圣诞节期间还会互寄贺卡来互相问候。直到某年她去世后，我就再也没有收到过圣诞卡片。毫无疑问，索菲亚就是我生命中的伯乐，正确地指引我走上写作这条道路。

由于前期忙于赚钱和生计，浪费了很多时间，还错过了不少入学考试前的模拟训练，为此我用了两年的时间来大量地学习和练习，也只和学习好的男生约会，为的是能在大学入学考试中取得优异成绩。这些男孩子的梦想是哈佛大学那样的名校，最主要的是他们也愿意和我分享各种学习经验和心得。周六的晚上都被我用来练习多选题和反义词相关的题目。

第二年的春天，我被塔夫斯大学录取，同时获得全额奖学金以及来自波士顿妇女协会的资助，也开始了我的工作学习生活。那时候学校里大部分学生都是住校的，走读是一件卑微的事情。

无论如何，我都将开始大学生活。我主修的课程是英语文学和哲学，还计划利用课余时间读完图书馆的所有藏书。在学校里，我唯一上过的一门关于写作的课程是约翰·霍姆斯教的，他也鼓励我，并期待着有一天我成为职业作家。与此同时，由于家里经济负担过重，我不得不每周工作20个小时，过去的很多年，父亲受心脏病的影响，多次停工住院。即便这样，在我大学一年级的时候，父亲仍因为病重而离开了我，突然之间，我的整个世界就崩溃了，能否顺利地再回到学校更是未知。无论从情感上或经济上，家里都更需要我。

记得那年的春天，我在塔夫斯教堂听见罗伯特·弗罗斯特的《没有走的路》后，忽然意识到：是该做决定的时候了。如果待在家里，我将永远走不出这个地方，唯一可以改变的就是回到大学继续学习，但是这之前必须要得到家里的理解和同意。也正是因此，我才可以得到妇女奖学金协会给予的支持和自助。

当其他学生都是父母开车送来时，我却是一个人拖着一只行李箱，乘坐公交车来到学校，并住进了学校提供的集体宿舍。

与此同时，我对家里承诺，将每周末在医院图书馆打工赚的钱的一半无偿资助给家里，每个晚上我都会按照惯例给妈妈打很长时间的电话，直到她挂了电话。

但是这和写作有什么关系呢？关系太大了。这些日子我所经历的一切磨炼了我坚定的意志和耐性，为日后写作的成功奠定了坚实的基础。

上个世纪五十年代，无论你有怎样的才华，婚姻都是必经之路。于我而言也是一样的。大学一年级我就结婚了，快毕业的时候又刚好怀孕了，接下来的若干年，为了养育三个年幼的女儿，我的生活始终是忙忙碌碌，无法停歇。

我可不擅长在家烘焙甜点，因此为女儿们的学校写假期儿童表演剧就成了一件顺其自然的事情。第一个小剧目其实是源于波士顿公园公寓，内容是关于一条龙。一个艺术家制作了剧中的所有木偶角色，孩子们带着这些道具在波士顿的各个广场进行表演。剧中的主要场景为暴风雪，为此我的女儿们站在高椅子上撒肥皂雪，以期将整个舞台布置得更逼真。我还写过一部名为 *The folks at Pigeon Greek* 的剧本，用以庆祝林肯的生日。有一年《小妇人》也被我改编成了适合小学的剧目，并配上了原创音乐。

当我再次获得妇女奖学金协会资助的时候，女儿们都已经长大了，同时会为她们做一些义务工作。在他们 15 岁成人礼的时候，她们希望我可以就获得资助并最终成功为主题，在学校进行演讲，也可以肯定和鼓励她们在教育方面的努力。当然，她们也因此更好地了解了我在大学就成为作家的经历和感受。

在此基础上，我继续奋发图强，在 Radcliff' Schlessinger 图书馆进行音乐方面的研究，结合妇女受教育的历史，创作出了钢琴曲《记忆时光》，该曲目于 1967 年春天在波士顿的希尔顿酒店播出。

那天在观众席里，有著名的戏剧评论家埃利奥特·诺顿(Elliot Norton)先生。音乐过后，他将就美国戏剧进行主题演讲。他是一位伟大的绅士，演讲的热情及简洁质朴的装束都被他那高贵的气质和风度所掩盖。他可以成为这个国家最受欢迎和尊敬的戏剧评论家之一，去世的时候整整一百岁。

临近结束时，诺顿先生找到我，并希望我第二天可以到他位于波士顿大学校园内的办公室找他。作为戏剧系的一位指导老师，他做事雷厉风行不拖沓。因此当我们见面的时候，他直接表明了他想收我做学生的念头。当我明确表明没有支付学费的能力时，他则暂时忽略了这个念头。他十分肯定我在戏剧创作方面的天赋和才能，尽管我还没有认识到这点。无论如何，他希望我可以在这方面有所发展，创作更好的作品。以大屠杀幸存者的第 25 次统一为历史背景，在诺顿先生的指导下，我完成了第一部具有历史意义的戏剧作品《再次唤醒的大鼠》，这个题目源于法国作家阿贝尔·加缪的小说《鼠疫》的最后一章：乔伊受到了威胁，鼠疫细菌并没有消失或灭亡，它可以潜伏很多年。直到有一天它们再次被唤醒，并将死亡传递给这座快乐的城市。

诺顿是一个非常严厉的人。第一稿完成后我就准备上交，但是他严肃而认真地告诉我说，这才是过程的开始。在经历了 6 次反复修改后，我的作品内容已经相当不错，可是要知道在这之前，我都曾经一度想要放弃了。正是凭借这个作品， 38 岁那年，已是三个孩子妈妈的我申请了布兰迪斯大学戏剧系的戏剧创作专业。要知道在每年仅录取三个人的情况下，我根本没有想到会被录取，取而代之，我都甚至开始计划选修教育专业的课程，为以后成为一名英语老师而做准备。但是就在那一年的春天，我正式被布兰迪斯大学录取。

近年来，我和芭芭拉·格林伯格一起合作，为她创作儿童剧创作音乐，剧名叫《杰瑞和思考机》。参与创作的还有加拉格尔、克雷格·诺娃、罗瑟琳·布朗、鲍勃·哈斯、史蒂夫·多宾斯和其他人。这部剧的创作得到了 20 世纪后半叶最著名作家的支持和帮助。

后来，在我和戈达德离婚的过程中，作为一个剧作家，经济和生活带来的压力是巨大和不可逾越的，也是难以克服的。而且这对还在上学的两个女儿（一个在鲍登学院，另一个在塔夫茨大学）都是没有好处的，至少不能为她们提供任何经济上的帮助。坦白说，那时候我很绝望。我有一个邻居是塔夫茨大学英语系老师，我曾经在一次聚会上见过他。为了解决当下的危机，我骑车穿过几条街区去找他，刚好那个时候系里有一位老师离职，于是我顺利得到了那份工作。

于是从那时起，女儿们就决定帮我提升语法，因为语法不是我的强项。后来我在哈佛大学和塔夫茨大学一直工作了三年多。我热爱教学，也擅长教书，当纽约大学正组建艺术系的戏剧创作专业时，我再一次被命运垂青，成为了一名老师。后来我们搬到了纽约，也在那里遇见了我的第二任丈夫唐纳德。现在我住在乡村，教教书，更多的时候是一名作家。

有一年院里任命我为临时负责人时，我倒不是担心职责，只不过过多且烦琐的行政事务无疑会影响我的创作，占用写作时间。不过好在也仅仅是一个学期而已。同样，我决定一边从事教学工作，一面进行写作创作，以打破写作和教书不能同时进行的谬论。做妈妈的这些年，无疑练就了我的多面性以及专注不同事物的能力。

学校在经过很长一段时间的找寻后，还是决定让我正式担任院系负责人。悌西艺术学院的院长大卫·奥本海姆邀请我一起吃午饭。我的丈夫抱怨说，没有人会无缘无故地邀请你吃午餐，然后告诉你什么也得不到。这就是我的工作。我记得那天要了水果沙拉，但却没有人动。因此奥本海姆院长还欠我一顿午餐呢。

其实，我还是很喜欢这个刚刚成立的戏剧系的，我愿意安排课外活动，雇佣教员，录取学生，也愿意构思一部戏剧，以及其他一切的可能为这个新学院贡献的内容。作为系主任，我们的努力是可以带来影响和变化的。而且我确定戏剧作家教育的三个影响因素是：教员、活动安排和学生。换言之，谁来教，教什么，以及谁来学。

18 年后，一个培养戏剧写作人才的院系就这样诞生了。时至今日，我们的教学人员包括了舞台剧和荧屏剧目的主要创作人，我们的学生遍布全球，我们的课程涉及了剧本创作领域的各个内容，异常丰富。这些都将从根本上保证教学质量。

我们的毕业生包括：乔治·伍尔夫，肯洛那根，尼尔特拉布特，克里斯·西恩，菲利普·斯纳格，希瑟·麦当劳，道格莱特，弗兰克－普格列斯，杰西卡·戈德博尔，妮娜比伯，制作人苏珊，斯坦赛德尔，约翰·福斯科，丹尼尔和约翰·比卢梭。

作为一个教育家，我从不吝啬将知识进行传承，另一方面，作为一个作家，我也从未停止过创作。我的丈夫最近跟我说，过去的一切都是值得的，而且当前的生活也正是我所向往的，安静的村庄，写作、教书和生活。

1

成功剧作家的 12 个习惯

于我而言，舞台永远是发生大事情的地方。大多数喜剧都是因某些个人的行为而产生矛盾、冲突、对抗、变革并最终实现改变。

戏剧是一个反映人类错误或壮丽辉煌的过程。整个表演都有生活在平凡世界的人们来参加，这些人也会经历类似汽车抛锚、孩子的成长、小狗跑丢等平凡事件。同样，戏剧表演是一个团队合作的过程，需要有舞台监督、灯光、音效、场景设置、服装设计以及导演的大力支持。观众也会因时间、地点、天气状况的不同而发生变化。观众席上的每个人都有不同的特性。如果你不相信，可以每晚都观看同一个戏剧的表演，并观察其中的变化。

戏剧不仅仅是讲述了故事的发生，更多的是主人公们对现实的理解和把握，一种认知的过程。所有的戏剧都充满了活力，因为它们记录了事件中最激动人心的时刻。剧中的人物和故事都源于现实生活，真真实实地反映了故事的梗概，人物的特点，除了一些暗喻性的说法外，没有任何隐藏和遮盖。任何一天的任何一刻，两个人在一起时，任何事情都是可能的。

创作戏剧，其实就是对过去从未出现过的现象或时间进行补充和加工，使之形成一个完整的故事情节。一个剧作家就意味着思想也要天马行空。我们睡在永不消失的星空下，生活中，我们模仿故事情节，而这些故事情节在剧本和表演之外，基本是不存在的。依据规律和突发奇想的特点，我们的工作只能存在于剧场内。如我们所了解的那样，尽管法律具有很强的确定性，但是却不能确定宇宙间所有的事情。就如同我们扔硬币一样，在这个无限广阔的空间里，总有一半的机会扔到字面，一半的机会扔到背。在我们有限的生命里是不会看到法律演绎的全部公正。

剧作家的成功无法承诺。我们能做的也不是通过各种习惯保证成功，而是坚持某些习惯以最终实现理想，在这个无法预知的世界里尽最大努力做到最好。就如同我们走在被全副武装的大路中间，没有谁能预测是好还是坏，也没有人知道下一刻会发生什么。最不可取的就是为了躲避伤害而选择一味的逃避。剧作家就是要在现实与理想中徘徊，并坚持着自己的梦想。

我作为一名戏剧写作的教师，同时也是戏剧作家理事会的成员，在观察了无数同事和学生后，总结了一些成功戏剧作家具有的良好习惯。正如弗洛伊德所说，如果工作和爱是我们生活重要组成部分，那么成功就是我们一直向往和追求的。

这么多年的教学中，我从未就某一主题要求过两次：许多的爱情故事，主人公数次的努力避开最初的相遇，错误的发展导致了很多的悲伤，就如同俄狄浦斯那样的故事，许多故事中都是英雄们所向披靡，天真地以为自己可以驾驭一切，其实最终都是走向灭亡。没有一个故事会是相似的。所以请保持自己的特点，创作独一无二的作品。

最初观察的成功剧作家们的一天：

1. 起床

2. 煮一壶咖啡

3. 削铅笔

4. 喂宠物（如果你还没有，就抓紧买一只吧）

5. 冰箱里拿食物

6. 考虑着写点儿什么

7. 面包没了，去超市购物

8. 外出时给汽车加油，因为油只有一半了

9. 给妈妈打电话庆祝生日

10. 正式开始写作

11. 打开电脑

12. 查收邮件

停，午餐时间到。外出和朋友一起午餐，顺便和朋友抱怨一下最近的天气。典型的一天？也仅仅是有时。让我们换个方

式开始新的一天吧。

为剧场写剧本是对道德和智力的双重考验。要让我们的身份看起来和剧场作家相符合，不是如何说，而是我们该如何做。换句话说，剧作家就是简单地创作戏剧和整理一摞写作纸张。这就是我们的真实状态。有些人可以简单地说“我是编剧”，但就如我们所了解的那样，演员在舞台上表演，只有我们这些原剧的创造者才可以了解自己真实状态。成功的剧作家必须要形成更进一步的良好习惯——以至于我们在睡觉的时候都不会忘的习惯：我们是谁以及生活中最真实的我们，而不是简单地说该怎么做。

所以，成功剧作家的 12 个习惯应该是这样的：

（1）集中

这里是指对于目前正在创作的内容的清晰思路，定位和开始的过程：直击问题的最核心部分。就像琼·迪丹所说，要非常清楚地了解目前正在写的内容。这对剧情的发展是有帮助的，是工作的一个重要根基，也会不断地给我们一些新的想法和思路。

开始阶段，就好比手里有个橡皮泥的球，毫无规则可言。然后你拿着一个球棒一次又一次地敲，直到最后变得小巧坚硬，用一只手就可以抓牢，这就是创作，也就是我们常说的主题或主线。请一直沿着这条主线进行写作。在我进行写作的时候，通常会把这个主题写在小卡片上，并将这个卡片贴在电脑的上方，以随时提醒我。同时在电脑上方还有另外一张写着“没有人强迫你成为一名剧作家”。

当前的指示卡上写着“原谅的必要性”，之前的那个是“礼物就是可以承诺的接受”。创作过程中一定要随时谨记主线条，不能大而空。要知道没有哪个剧本可以涵盖世界的全部。

所以谨记中心思想并围绕此进行创作。请找寻每部剧的定位。以下是我经常会问自己的问题：

- **我们应该原谅暴力行为吗?**
- **受害者应该原谅行凶者吗?**
- **罪恶的本质是什么?**
- **爱可以强加吗?**
- **当个人欲望超越一切时，友谊还可以走多远?**
- **父母与儿童的分歧在哪里?**
- **如何通过简短的历史了解一个国家的发展?**

中心也意味着要无论何时，何地，也不论时间长短，制订一个可持续的写作计划，并在日历中标注该计划的进展程度是非常必要的。有一个作家，他每天只写一页纸，这就是他的创作原则，如果超过这个量，就是一种巨大的收获。长此以往，他每年至少可以完成一部 365 页的创作作品。有时候他居然可以在一年内完成 2 部作品，或多次地修改某个作品。整体来看，他的创作是有规律的，有计划的。

（2）激情

坚持不懈的精神就是激情。坚信这样的创作是必需的，而你也是唯一一个可以进行这样写作的人。与此同时，对剧中人物命运及情节发展也要有一个详细的认知，就像父母对子女一样，始终相信自己的作品是最棒的。尽最大努力发挥自己的优势，身心愉悦地进行写作工作。

某次有个导演提议，让我以美国著名剧作家莉莉安·海尔曼和她的伴侣达希尔·哈米特的通信和见面为题材，创作一部关于他们生活和爱情的作品。这个题材从来没有出现过，也因此存在着巨大的上级，不让人动心是不可能的。获得第一手材料后，我开始了创作，但随着研究的深入，我忽然发现，自己其实并不喜欢这个题材，虽然是个很好的想法，但是很不适合我。那位导演后来打电话问我进展的时候，我如实回答了他的问题，即没有任何进展，但是未来可能会有。事实证明最终也没有类似的成品问世。在经历了 6 个月的努力后，我始终无法有所突破，于是我放弃了该选题，并再也没有动过它。

值得庆幸的是，后来终于有人创作了这个题材的作品，而且不是我。创作由心而生，这才是写作工作的实质。要保持本真，不能欺骗也不能自欺。激情源于我们坚定的信念和不断的提问，源于我们对生活中善恶美丑的观察，源于一切人类的行为。激情需要信念，而信念要以道德为基础。知道自己的立场，才可以让演员们感同身受，领悟精神。

（3）清楚地理解创作过程

成功的剧作家清楚地知道这个职业的形态，但也往往到了最后才意识到。细细统计来，每个剧作家的创作过程也不尽相同，就如同每个个体的千差万别一样。

最近一个偶然的机会，我被选定为纽约大学评委会委员，可以提名三位女性毕业生获得纽约大学校友奖。其中一个获奖者在听到获奖的消息后十分震惊，表示很难想象。“没想到会选择我”，她说道，“我不像其他获奖者那样出名，我的作品更是有限和微不足道，也只有在不知名的小剧院上映。”实际上她错了，她之所以获奖，是因为她始终坚持在创作，通过坚持不懈的努力，在大量阅读并丰富知识的基础上，创作了这部获奖作品，所以说坚持自己的道路和方法真的很重要，而不要单纯效仿他人的模式。

当然这个解释也需要技术的支撑。我们经常会不知所措，如何下手。作为一名职业作家，其实这也是正常的。最初闪现的念头也仅仅是一个想法，其他的都还一无所知。而且仅仅通过一个简单的戏剧，还不足以让我们了解整个世界。这就和探险家探险是一样的。我们始终带着求知的欲望和未知的答案，在广袤的土地上进行探寻和开发。

也不用把这个过程想象得很复杂或太可怕，这只不过是写作过程中一次又一次的思想碰撞，直至找到自己认为的正确方向。舞台剧的惯用规则是：场景的变换，情节的逐步深入，不同场景下人物的把握和演绎。这就好比一个鞋匠，每一双鞋的样式都是不同的，但是共同的东西就是，都用最好的材料，手工缝制，且每一双都是经典的同时，还能找寻到作者的足迹。

（4）坚持不懈的努力

写作不是仅靠速度或高智商就一定可以胜出的，最激动人心的是一个大众作家在不断坚持理想，努力追逐，最终成功的情景。

在努力的过程中，不要造成实质性的错误。要记住，这场比拼的最终结果不是为了赢而赢，是为了保持自己的本真和独特的视角。如果创作仅仅是为了剧场表演而不是为自己，这样是没有任何意义的，还不如不写，去做自己想做的其他事情。

成为职业作家的道路上，没有什么所谓的领路人，更多的是靠自己的激情和认知，引领自己进行创作，并最终完成好一部作品。

（5）像战士一样生活

写作就和打仗一样，每天都要有无数次的各种碰撞。所以必须让自己足够强大，无论是心灵还是身体。充足的睡眠、健康的饮食、强健的体魄都是被需要的。纯社会化的生活只会消磨你的创作精力，就像有人说的那样，不要把大量的时间浪费在一顿午餐上。

如果你相信身体和意识是相通的，不懈的坚持和清醒则可能实现更高一级的愿望。请一定在工作中保持你的能量，千万别挥霍和浪费，始终在工作中保持自己的最佳状态。那些浑浑噩噩的作家故事仅仅是神话而已。

（6）修改

大多数经验丰富的作家都把修改作品看成是一种帮助，通过修改或编辑剧本，进一步突出主题和人物鲜明的个性，并使之进一步贯穿整个内容，让整个剧本看起来内容清晰，主线突出。

要不停地总结和倾听别人的意见，删减掉冗长而无用的文字，及时增补必要的内容。一个戏剧评论家在我初入道时曾这样对我说："我们要像妈妈对孩子那样的心态把握我们的作品。把握得越久，就可以让它变得越完美。"时刻记得，你要将核心内容变得坚固且真实。

（7）选择宽泛的主题，绘制一幅完美图画

最好的剧场是在为观众提供工作，但是最大的收获却是他们提出的各种挑战。要想提升剧场本身的水平，就必须要克服各种困难和复杂情况。而失误恰恰是我们经常忽略掉的内容。这就要求我们作为一个剧作家，必须对复杂情况作出准确的判断，并能清楚地了解工作内容。我们生活的空间内存在多重意义，这就需要作家们通过作品予以解答。如果艺术家不能，还有谁可以呢?

（8）情感互换

最近有个作家提出了这样一个问题：他知道如何构思如何写对白，却不知道该如何让演员相信并全力投入。其实答案很简单，剧作家必须要进行多重角色的互换，站在每个角色的立场设身处地地体会其中的情感。这个过程交织着各种情感，当然这个互换也有赖于每个个体及具体场景。

场景如果是使别人丢人或尴尬，那么我们要实际想一下自己丢人时的感受，如果是关于爱情，那就基本是狂喜、愤怒、激动、背叛或彻底的失望。

（9）职业化

拒绝不是一种个人行为，也不是一种人身攻击，可能感受起来差不多，但其实就是找到合适的卖家。这个世界上最终只会有一个人喜欢并接受你的作品，其余的人一定都是拒绝的态度。这就像是两个人谈恋爱一样，只有一个最适合我们，否则我们可能会经历千百个求婚。一定要认清哪些人对工作最有利，导演或设计师可不是一般的同事，而是朋友。我们本该就这样尽最大努力，让事业看起来很顺利——生活也不过如此呀。

（10）加深印象的情节

情节不是艺术的启迪要素，也不是凭空等待的内容，其实就是机械地检测角色的一种方式，引起角色的变化，加强戏剧的效果，保持故事的连贯和发展。情节与艺术无任何关系，但却关乎着戏剧的发展。首先是时间的发生和发展，然后才是情节的连贯和高潮部分，接下来才会有剧情的变化。如果不想写这些复杂的内容，那就直接改写诗歌吧，聊聊月亮。如果想在表演方面有些进步，那么就要停止静态的内容，而选择完成一篇小说吧。戏剧中可不允许有停止不前，也没有什么具体的时间点，只是靠情节一步一步推动着逐步发展而已。

（11）积极营销

自己努力或通过经纪人等途径，积极推销自己的作品成果。没有人比你更了解和关注你的作品，的确，代理也可以帮你，不过你要知道，你不是他们唯一的客户，你的代理或许已经为推销其他作品而筋疲力尽，你的朋友可能帮忙也可能不能帮，妈妈也只会带给你些许精神安慰和鼓励，最关键的还是你，要始终坚信一定有人可以发现并接受你的作品。

通常，生活情景剧都是剧情冗长，且还具有不确定性。一会儿在加州上演，然后停止一段时间，之后又在肯塔基悄悄上演，然又变得无声无息，随后出现在新泽西，就在人们猜测着下一个地点可能是纽约的时候，却又出人意料地出现在了辛辛那提，再到新加坡，然后才是纽约，再之后就没人能说得出了，这种状态永不停歇，也没人能总结出一个具体的模式。

打电话或写信向剧场推荐你的作品时也不用觉得不好意

思。剧院恰恰就是一个剧作家的摇篮，他们需要毛遂自荐的人，这才是他们所期待的客户。总之他们随时准备着接纳并营销你的作品，调整自己的状态，快去打电话吧，台词可以是“嗨，这是爱德华·艾比，前段时间我给你们寄来的那个婴儿的故事不知道审核进展到什么程度了？”然后再努力征服对方，进而实现营销作品的目的。

（12）结果就是

1. 起床
2. 煮一壶咖啡
3. 喂宠物，如果没有就养一只。

总之，生活就应该是丰富多彩的，读书，交友，外出吃饭，健身，旅游，购物，娱乐，音乐交织在一起。让我们好好享受当下的生活吧。

结论

中心，激情，过程的理解，坚持不懈地努力，挑战，修改，处理各类遇到的问题，情感的互换，职业化道路，深刻的情节，积极的市场营销，最终融入生活。这些都可以成就一位成功的剧作家。

健康、财务，美貌，权利，即便是普利策奖或者其他的学术奖，没有什么是永恒不变的。只不过荣誉或收获会给我们的生活带来很大的影响。做最真实的自己就有可能成功，就可能实现我们的理想，并坚信在有限的生命里实现这一理想。

本文章发表在美国戏剧协会出版物上（2001 年 2 月），收入此书时做了细微调整。

本章练习

1. 在你工作的区域内放一张索引卡，让自己全身心地投入当前的创作中；

2. 在笔记本中另列两个比当前工作内容更广泛的议题；

3. 给图书馆管理员打至少 3 个电话，告诉他们你是一名剧作家，有一个新剧本想要营销，并用简单的话语描述故事的梗概和重点情节，询问他们是否有兴趣接受。如果是，那就毫不犹豫地给他们寄过去一份吧。

2

自己的空间

成为作家，意味着要有一个专属于自己的空间。我认识一个编剧，她把自家餐厅的一个角落装修成自己的工作间，书桌正对着哈德孙河，索引卡就贴在窗子上。我还知道有一位作家，只在他教书工作的学校办公室写作。房间四周都是窗子，还贴着圆形广告语：得克萨斯有全世界最美味的烧烤哇，请来 Joe 的餐厅。背后的门只有在上班时间才打开，关上门放一些舒缓的乡村音乐。乍一看，办公室内非常凌乱，书、纸杯随意放得到处都是，还满是灰尘。这么乱，他怎么找东西呀？但是他是一个非常聪明有才华的作家，十分热爱工作，时常创作，也因此成果众多。也请不要随便翻动他桌子上的东西，虽然看起来凌乱，但是他很清楚每一样东西的位置，也可以顺利找到要用的东西。还有一个作家，是和他的伴侣生活在一起。两个人都是戏剧作家。他们的家在纽约州北部，房子也是自己设计的。二楼的两间写作书房被装饰得像一对双胞胎，几乎完全一样，房内的物品全部都是闪闪发光的，整间房子看起来非常整洁，甚至找不到一片纸，看起来就好像没有人在这里工作一样。他们可以同时开展 3 ~ 4 个写作项目——从设计规划到修改再到编辑。工作严谨却成果丰硕，创作室是他们最好的进行创作的地方。在大学办公室里，他们根本无法如此高效地完成作品的创作。还有位作家在一个仓库的顶楼写作，在那里唯一的一件装饰物就是挂在墙上的老式罗马打字机图画。有时候我会想，什么时候我才可以得到那幅画呀，又或者我压根儿就得不到。那是一个巨大的打字机，看到它就有一种很强的被震撼的感觉。也许真的一整天都对这它看的时候，还会有种负罪感。

我们都有属于自己的神奇的空间或护身符。在电脑的上方总是会发现一个奇怪的石头、神奇的涂粉，抑或是蝾螈的眼睛，这就是我们神圣的写作空间，能与我们的处境相映衬。

弗吉尼亚曾在他的作品《自己的房间》里，描述了那些因为社会或经济原因而未能进入（写作领域）或被排除在外的妇女。所谓排除在外，也是指的被排除在职业写作和现实创作的空间之外。直到 19 世纪的时候，妇女们才可以拥有一个属于自己的安静的房间或职业规划。即使是在现代的 21 世纪，女人也经常被认为只是煮饭、洗衣、做饭、煮咖啡、弹钢琴的角色，[1] 而不是一个作家。

其实被排除在外的那些女性也并不是孤独的。即使是在 21 世纪，也有一些人因为伦理、经济、社会地位或性别等原因，

1　弗吉尼亚·伍尔夫《自己的房间》（哈考特，1929 年版，1957 版权属于莱纳德·伍尔夫）第 69 页。

拒绝进入一个确定的空间。就因为我们不认为我们可以拥有一个属于自己的空间，致使我们一直以来拒绝本属于自己的东西。

在纽约城，一些作家自发组织了一个叫“作家之家”的组织，即租一个房子并进行简单的装饰，房子里有一些小卧室，也有公共空间。这个组织是要申请才可以加入，且这种模式在全球都是比较普遍的。

这个聚居地就成了大家在自家之外的又一个创作空间。类似于美国弗吉尼亚艺术中心、意大利洛克菲勒基金、法国的camargue 基金中心，作家可以申请一个小的卧室居住，外带一个工作间。美国作家协会的刊物里已经列出了全球的名录。

既然选择成为艺术家，应认同这种模式，因为拥有一个必要的房间或空间来进行写作创作还是必要的。这个空间里，让我们感到安全、放松，这种神奇的模式可以让我们更好地实现理想，到达彼岸。

最近我在弗吉尼亚的一个作家中心进行调查，问了他们一个非常简单的问题：“在这里什么才是最重要的？”其中一个作家回答说：喜欢这里的环境。每天早上她都会打开门，在楼道里坐着，感受着从黑暗到光明的过程。一个诗人说他从来不会在同一个地方写作，规则性的东西对她的创作有很大局限性，相反，她经常在车上、超市、咖啡馆或火车上创作，甚至在废纸上写作，“一大张纸会让我感到很害怕”，她如是说。还有一个作家说她只在她先生的办公室进行写作。当我问她为什么没有自己的工作室时，她说她从来没有想过。她的丈夫是一名医生，通常都是她丈夫按照她的手稿进行录入工作，他们都非常享受这种工作模式，而且她甚至都没有想过要学打字。这难道不会毁了她的婚姻吗？看来她已经找到了平衡的方式。同样的问题在问到一个记者时，她说她的工作间必须有灯，还要能看到外面，两张桌子，一个放电脑，一个专门用于编辑，另外还要有一张转椅可以在两个桌子之间转换，更要有一张舒服的床来小憩和休息。我很奇怪她为什么不在自己的卧室或起居室工作。显而易见，她希望有一个区别于卧室的创作空间，一个只属于她的可以写作的小天地。

一个编剧告诉我，于他而言，越安静越好，最好像死一般寂静，也有人喜欢看窗外的绿植和鸟，喜欢一切有生命的东西。他们都很清楚自己的喜好以及工作的性质，可以很好地安排一切。也有一个作家告诉我说，她的工作间里没有一张家庭合影，因为会分散注意力，而一个年轻的亚洲女作家说她写作的时候会穿得很时尚，让自己感觉到充满活力，相反，另一位在弗吉尼亚长大的记者说，她更愿意在写作的时候穿得正式和职业些，当然，也有人直接以内容太过于隐私而拒绝回答我的问题。

可见，比写作更重要的事情是一个良好的工作环境。首先要有创作所需的必要的工具，然后需要技术鉴定一下。我们必须精通所从事的职业，始终保持良好的环境以及不被时代所淘汰。把自己想成是一个小的产业，要不断学习，并借助足够的、可持续的、可传授的技术的帮忙。

与电脑打字相比，我们这个年纪的人可能会更怀念使用打字机的时代。先打个A，然后退回去再打个D，就这样敲着敲着，就进入了一个全新的电脑时代。

在这个人云亦云的社会里，好多人都没有注意到这些。对于我们这么一些仍旧怀念过去的人而言，当我好不容易掌握了如何复制和粘贴，请不要再强迫我把文稿转成PDF格式。作为作家，可能更多的是被机械化。电脑时代，当我们开始创作的时候，一定要适应一些环境，以显示我们很专业。用电脑前要仔细读使用说明，把序列号列好并随时准备和客服人员咨询，记住打印机、扫描仪的使用方法，记住一切相关的密码，也记得要清楚如何更换打印机的硒鼓（记得在安装前撤掉墨盒之间的小挡片，以免影响打印），如果不懂，就问问朋友或者请专业人士来帮助你了解电脑程序。

接下来是一个关于钢笔和铅笔的问题。几乎所有的编剧都喜爱钢笔，让我来说说吧！我最爱的笔是一支绿色金黄的万宝龙圆珠笔，那是我上学时院长给的，三菱抗压圆珠笔其次。我也知道有些作家提倡用那种传统意义上的，需要不停灌钢笔水的钢笔，同样，几乎所有的作家都喜欢三福极细双头记号笔。对于一些老顽固的作家来说，他们甚至还在用羽毛蘸墨水的方式创作。但是，对制造业说声抱歉，也请不要使用酒店或银行的那种圆珠笔。至于铅笔，只有一种适合：Truman Capote，也有一些人喜欢黑色战士二号，因为它更耐用和柔软。用了这样的笔之后，你就再也不会想要用其他的了。为了自己的理想，请给自己配备一支好用的钢笔吧，或者生日的时候可以对别人提出这个小小的要求当作礼物。时刻准备着，想好想要的颜色、样式、型号，为你的创作增加力量吧。

同样的，要把工作间装扮得时尚些。曾经，我在康涅狄格州拥有一间 1870 年代左右的农场房，并把它当作工作间。这个房间在房子的前面，比储藏室大不了多少，窗外的深色墙与繁茂的松树挡住了屋内的光线，尽管我很喜欢这种舒适安逸和昏暗的感觉，但是我仍旧感到很孤独。房子里有一个餐厅，从窗子望去外面是一片牧场，因此我将工作环境转移到了这个餐厅，桌子就放在窗边，明亮的环境让我觉得很开心，但是最大的缺点就是没有私密性可言。可以想象，我在这座房子的中间，周围没有任何遮挡物或门窗。

买下这所房子的时候，旁边是一条安静的乡村公路。邻居是一位影视评论员，奥德丽伍德女士。她非常出名，就连托马斯·拉尼尔·威廉斯也是她的客户之一。从我家厨房的窗子望去，可以看到在《欲望号街车》中使用过的螺旋式楼梯，那里可以通往她专门为威廉姆先生设计建造的一间写作工作室。但是在我们刚入住不久，奥德丽伍德就去世了，随后又有新的人住了进来，在我还没来得及了解的时候，一个网球场就在窗外建立了起来，刚好挡住了那个旋转楼梯，再不久，草场那边的农夫也去世了，他的继承人将那片地方卖给了开发商，而开发商又将那里分割成6小块，用于建设小型公寓，安静的乡村公路也变得不再宁静。总之我们的小镇变得更城市化，也失去了往日的样子。慢慢地，所有的作家和艺术家都搬走了，我也一样，在这样的环境下，不能再全身心地投入写作创作中。这个地方突然间就让我厌恶。当我回到曼哈顿的时候，写作也已经成为一种职业，我有一种回家的感觉。

过去的20年里，我都住在纽约城的Greenwich镇。我的工作间在23层，可以俯瞰整个镇子、商店、学生、骑车人、出租车，一切都是那么的按部就班。在村庄的旁边是著名的哈德逊河。冬天，厚厚的冰块从河面上飘流而过，春天和夏天，会有大型的客船从此处经过前往其他国家，也有各种河面上的游览船只、帆船、拖船甚至是小的帆板船经过。我真的看到了吗？有一次工作中，我无意发现外面的世界都消失了。不过我相信它们始终在那里。就好像编剧永远都知道舞台之外的内容一切有序，也知道外面的世界什么是真什么是假。当然，猜对的时候也会感到欣慰。我有一个带风景的房间，尽管我从不向外看，但是却可以感受到外面世界的存在，并为它的活泼而感到愉快。我是一个人，但却从不孤单。

我的房间里还有什么？分类的书架，里面有朋友的书，最喜欢的书，专业的、想读的、想要从新读的，喜剧和诗歌，小说，童话，还有就是从家里传下来的三本书。架子上堆放着一摞一摞的手稿，一部分是对现有项目的修改或校对，一部分是可能会跟进的项目；其次还堆放了很多杂志，有些包含自己的作品，有些是朋友送的，还有一些是我认为应该或值得购买的，都等着我去一一翻阅。

墙上贴满了各式各样的创作过程中的照片。有些是孩子的，有些是朋友的，有些来自制作上，还有一些是国外旅游或讲学时候照的，形成了一个照片墙。这些照片时刻提醒着我过去的一些美好经历，让我感到安心和鼓舞。

我最喜欢的照片是什么？一张是我的丈夫 Don 在古巴做销售员的照片，毫无疑问，这个男人是我生命中的挚爱。我们就是在那里相遇的，也是上天给我们的最好的礼物。另一面墙上有我父亲 17 岁时在巴黎做销售员的照片，母亲在波士顿女子学校读书时的照片，有一张是我和三个可爱的女儿，那时候我 23 岁，女儿们也都还小，也有我和作家朋友外出旅游的照片，其中一张我和芭芭拉的照片，是当时我们俩在曼城亚特兰大她家中时候的场景，另一张是我和 Tina 躺在缅因州的草地上互说秘密的照片，此外还有一张是我比较喜欢的，照片上是我的一个中国学生在挥手告别，当年（1987 年）我们的制定课程已经教学完毕，就要回国了。还有一张是 Rose 姑姑在她的海边房为作家和艺术家举办沙龙的照片，沙龙每周六晚上如期开始。每到周末，她家的桌边都会坐满艺术家互相交谈，畅淡想法。

这些照片是什么？是我们前进路上的装备，为我们的写作增加素材，是源于我们生活的故事，就如同喜剧中的故事一样。它们证明曾经有个作家在这儿生活过，并为自己的理想而奋斗过。

用照片装饰你的工作间。墙上有什么？什么又给了你作为编剧的灵感？墙上的索引卡上，是否有引用的其他作家的话？你希望自己的房间简单而有意义，还是希望被纪念品填满？写作的时候是否需要有些音乐？有一位作家只有在莫扎特的音乐中才可以开始创作，还有一位一定要听到大海的声音。

如果没有独立的空间，可否在某个房间的某处为自己划定一个工作区域？不一定要多么的奢华或多么的大，但是却是一个处处符合自己心意的创作空间。开始用图片装扮你的工作间吧，让它更好地辅助你成为一名编剧。

我的电脑上面全是各种各样的护身符。两个从圣达菲带回来的讲故事的小人儿，从南非好望角带来的石头，有城堡和琥珀，有印度便士和化石，弗吉尼亚的蓝鸟羽毛，一个开业庆典上获赠的心形银饰，中间刻有"激情"的字样，当然，还有我父亲在第一次世界大战中获得的奖章。

你也一样是个战士，是一个为写作而战的战士。在你写作间放置的任何一个物件都应该让你感到舒服，并能给你力量。如果可能，也记得带上你的幸运。

此文于 1993 年，我在英国伦敦大学讲演时使用。在收录入此书时，做了细微的修改。

本章练习：

1. 记得从下次的稿费或报酬中留出一部分，用于给自己购买一些小的艺术品，挂在你的工作间里。这也是对艺术的支持！

2. 花费三个小时彻底地研究一下你周围的手工制品，咖啡壶和微波炉也不要放过，毕竟作家也是需要吃饭和喝咖啡的。

3. 花三个小时整理和收拾你的办公室，之后去附近的商店买一件你一直想要的东西——金色便签贴，写上你作为作家最想要实现的愿望，开始新的征程吧。

3

写作创作中的 50 问

当我开始写作的时候，我已经了解了情况、人物以及该如何开始这个剧本。有时候知道该如何结尾，有时候要列出提纲，有时候不写。过程中往往会有一些意想不到的惊喜。如果从一开始我就什么都知道，那还怎么享受写作和创作的过程呢？通过不停地问问题，我们才可以逐渐发现我们到底要些什么。

在顺利完成一些章节后，我开始思考主旨或中心——这部戏剧关于什么，和故事的区别是什么？故事的概要其实是条主线。如果我发现所写的人物与中心主旨相差太远，我会毫不犹豫地调整人物特点或剧本的中心。作为一个编剧，我希望所有的人都能对作品有大致相同的理解。

对一部标准模式下的剧本而言，第一步就是先要设立剧中人物，然后反复地检查人物设立的合理性，第三步就是进行调整。文章构思的过程中，有必要形成一定的人物之间的对立：一部分有这个特点，一部分有那个特性，制造人物之间的冲突和矛盾，不论输赢，通过这个过程学习戏剧的创作。

每一部剧的开始就要发生点儿什么，这就是情节。大部分情节都很简单，只不过是不同的人物让情节复杂化了。就比如在托尼斯·威廉斯三世的作品《玻璃动物园》中，阿曼达希望有一个人可以向她的女儿劳拉求婚。刚好有一天劳拉的哥哥带回来一个叫吉姆的朋友吃晚饭，这时候希望升起了，吉姆是一个绅士，阿曼达希望他可以向劳拉求婚。然后希望瞬间破灭了，因为吉姆已经订婚了。

为了避免受自身情绪影响太多，我尽量简化情节。开始写作之前如果我设计了提纲，那么通常我都只用到三分之一内容。尽管我觉得提纲比较稳妥，但是也希望可以随着人物角色的深入而多些思路选择。完成初稿后，开始修改前，我通常都会制定一份提纲。正是因为如此，我也深刻地理解剧情波动的必要性。

首先，我们要通过反思剧中人物、故事情节、时间、地点、说话方式、舞台设计、风格和矛盾冲突等要素来构建这台剧。同时，也要体现该剧对人类的深入影响。一台戏就好像是作者在向全宇宙提问一样。

从初稿开始到结束，再到修改，有一系列的问题可以贯穿始终，并推动创作的发展。最开始被提出的问题一定是和人物相关的。戏剧中间提出的与主题和故事梗概相关联的问题，仅仅是为了确保你的故事和线索具有连贯性。

没有拘束的规则，尤其是在创作戏剧的过程中是至关重要的。我们都清楚，规则就是拿来被打破的。毫无疑问，我们写的强大的故事会打破一些旧有的规则。当然这些规则从一定程度上引导了我们创作的作品中的不规则范围。

创作故事过程中的 50 个问题如下：

■ 剧中角色都有哪些？主角是谁，配角是谁？

■ 每个角色的发展历史是什么？从出生算起？

■ 剧中人物的 24 小时都做了什么？了解这个的目的是为了更好地理解他们在剧中的感情和所处环境。

■ 剧中人物的特点是什么？观察剧中每个人物的发展。选用知名演员或生活中的实际人物（朋友、同事、家人）来扮演剧中角色。

■ 每个角色都想要什么？剧中的每个角色都一定有想要的东西，然后在为得到它而努力争取。这就是角色的目标。

■ 不同场景中，每个角色的目标是什么？

■ 最后的时刻，不同角色们都得到了他们想要的吗？假如这样，对他们的影响是什么呢？如果得到了呢？如果没得到呢？带来的影响又是什么呢？

■ 剧中人物对其他人的态度是什么呢？谁最什么？是什么？

■ 剧中的男女主人公是谁？是他们一直在推动故事发展吗？

■ 每个角色的语言模式是什么？随手记录下偶尔听到的对话方式。学会听取不同的声音和韵律。确保每个角色都有一个独特的声音。

■ 剧中人物的行为是如何发生变化的？在一部戏剧中，

角色们最后的位置一定和他们最初出现的时候是不一样的。他们应该通过表演而发生了一些变化。

■ 角色们从这些变化中学到了什么？他或她是否学到了什么内容？

■ 每个角色的特点以及要表达的意思是什么？

■ 你喜欢每个角色的哪些内容？一个作者是一定要喜欢这些角色，才可以写得出来。即便是个反面人物，也要有一些可以让人喜欢的地方，否则就没有观众了。

■ 舞台设置的内容有哪些？只有面面俱到地了解了每个所需的物体，才可以在不同的场景中运用这些设计。如果有一只鸭子，一个钟表或一个苹果在房间里，想想如何更好地运用，以让它们成为独一无二的。

■ 舞台之外的设置还包括什么呢？一棵树还是一个房子的另外一些部分？必须清楚地了解环境，才可能在必要的时候让这些进入到你的舞台中。

■ 戏剧中的时间跨度是多长？一个月？一年？为什么？这个时间跨度是依据剧中什么来完成和实现的呢？

■ 这些行为都是在哪儿发生的呢？哪个州？哪个城市？哪个国家？如果是特定的，可以加入情节部分。

■ 是什么促使你创作这部戏剧？起源是什么？一个影像？一条线索？一个事件？知道这些会对剧本的中心内容有所帮助。

■ 如何把戏剧中的偶然事件转换成一个完美的故事？这要求对细节进行一些变化，使故事梗概与真实有一定距离，这才可以使剧情本身更完美。就好比实际生活中，女主人公得到了她最终想要的，在舞台表演的时候，都会有一些障碍来阻碍她实现目标。

■ 什么是最精彩的部分？这也是让观众感兴趣的地方，也是必需的。所以我们称之为戏剧。

■ 剧中的各种包袱和升级内容是什么？

■ 剧中的危险情况是什么？这要在最开始就被埋下伏笔。

■ 主要的行为是什么？根据情节和场景一点一点地讲故事。

■ 上一场如何推动下一场的发展？上一个情节应该推动着下一个情节的发展，这就是一个多米诺效应和影响，

■ 剧中要反映的核心问题是什么？所有大戏都会反映出一些重要问题。

■ 什么才会吸引观众来听你的故事？悬念是什么？一定要让故事本身和结局是不可预知的。

■ 你的焦虑又是什么？什么让你高兴？什么问题是你一直在追问并想要得到答案？

■ 剧中可有什么信息可以与演员及其表演相关联？贪婪导致了毁灭？愤怒产生报复？进而是狂怒，再到谋杀？要明白你的道德底线及立场，以及你想要表达的观点。

■ 在开始的5页纸里，什么样的情节才可以打动观众？

为什么？

■ 戏剧的风格是什么？现实的还是荒谬的？最初是否明显且贯穿始终？

■ 剧中人物的动机是什么？他们有时是如何实现自己的目的的？会有谋杀或盗窃吗？死亡或背叛？

■ 你是否在创造一个独一无二却又可辨认的世界？

■ 主要行为是发生在舞台上还是舞台下？不要用语言描述，而要通过表演来展现故事。

■ 所有的对峙环节都会有结果吗？

■ 所有的活动（情节）都展现了你对这部戏剧的定位和期待吗？

■ 通过这个戏剧，观众可以联想到什么？他们是否会认同角色们的经历，以及因此而产生的活动？

■ 剧中主要活动是否清晰？如果是，中心将会很好地体现。观众和编剧都可以很清楚地了解剧情内容。

■ 主题是否连贯？一定要记得每个作品背后，与之相关的情感，客观，经济的关联。

■ 是否幽默？即使在悲剧中，也可以通过活动表现出幽默。最好的幽默往往不是源于一条可笑的线索，而是通过演员最质朴的喜剧行为而展现。

■ 剧中最有冲突的观点是什么？

■ 剧中的高潮是什么？如果有一段是升华情节的活动，

那么应该在什么时刻？此后一切都发生了变化，也无法再回到原来。

■ 你确定这个时候开始这部戏是正确的？早点儿或晚些时候会不会更好？

■ 什么时候才是最好地展现这部戏剧的时候？比如，一个小男孩儿打算砍掉门前的樱桃树，那么最好的开始时刻是他要砍树，而不是已经将树砍掉。

■ 所有的角色都要有个出现的理由？那是什么呢？

■ 这部剧是不是展现故事的唯一方式？

■ 如果是一个独幕剧，那么剧中的主要事件是什么？

■ 如果是包含上下场的剧目，会不会在第一部分结尾的时候提出一个问题，然后第二场的时候得到解答？同样的，两场、三场或更多场次的剧目呢？

■ 如果人物在与剧中的冲突相对抗时采取不同的行动，这种转换将会对下面的行动产生怎样的影响呢？从主题上看这种改变意味着什么呢？通过活动，定义主题。这种个人的决定往往导致悲剧的发生。

■ 你对这部戏是否足够重视？以至于愿意花费很长时间计划、写作、修改，并愿意承受所有的结果？这条路是无法预测的。愿意带上这部作品上路吗？

本文是 1987 年 6 月在北京电影学院讲座时的讲稿，当时的听众是舞台剧创作领域的专家。该文后来被刊登在《作家手册》杂志上。

本章练习：

开始创作自己的戏剧之前，尽可能理解并能回答这50个问题。初稿完成后再回头看一遍这50个问题，然后再修改。这将是一个持续的过程。

4

人物形象

人物性格是什么，它在哪儿诞生？什么能给予我们勇气，什么能赋予我们自豪？我们渴求的是什么，我们想消灭的又是什么？究竟是什么让一个人抬头挺胸，却让另一个人弯腰驼背？为什么面对危险有的人临阵脱逃，有的人勇往直前？又是什么赐予我们每个人独特、饱满的性格？这些问题是每一个剧作家在开始创作他 / 她的剧本前都必须要回答的，因为戏剧性的作品总而言之都是关于人的，写他们做了什么，为什么这样做。戏剧中人与人之间发生的故事，都是以现实生活中人们真实参与的那些活动为基础的。

在戏剧表演的一个或两个小时中，观众和舞台上的人物会建立一种非常亲密的关系。但毫无疑问，观众不会接受欺骗。故事中的人物也许是在表演，但是他们必须把真实的人物的特性都表现得淋漓尽致。因此，一个戏剧家必须像最亲密的人一样了解他 / 她所构造的人物形象。他 / 她必须知道每个人在一个特定的情景之下会做什么，据此又会如何采取行动，每个人物又是如何成为他 / 她应该呈现的样子。更重要的是，作家一定要深深热爱自己构建的人物，包括他/她所有的细节和缺陷。

人物性格不是取决于语言，而是取决于行动。在戏剧的创作过程中，每个场景的人物用活动来实现人物塑造。人物形象永远都是由他/她的行为来决定的。人物性格就是人物活动。在创作的过程中，作家必须对构建的人物非常了解，甚至让人有种感觉，几乎是人物在为作者写剧本。在戏剧中说话的，永远都是人物自己，而不是作者。当我在写我的第一部戏剧《雕像》的时候我就有过这样的感受。那是一场独幕剧，内容是写一位从事宗教雕像的雕刻家罗伯托・达・法拉利兹（Roberto Da Fralizzi）和高中老师珍妮・埃姆斯（Jennie Ames）的相遇，她来到他的雕刻厂，要为她导演的校园剧借一尊雕像。我只是大概知道这两个人在戏剧的结尾会在一起，但是“怎样走到一起”，这其中的细节我并不知道。在剧本完成四分之三的时候，当达・法拉利兹问道："珍妮，你喜欢炸鱿鱼吗？”那时我简直难以置信。他居然在邀请她共进晚餐。我完全没有预料到他会那么做。好像他在呈现他自己的生活。他的话就这样迅速迸发出来，以至于我在打字机上的速度都很难跟上了。乔治・萧伯纳在创作《圣女贞德》的时候也提到过相同的情况。

在戏剧故事创作完成之后，基本上也就是这个时刻，我选择那些居住在我所创造的世界中的人，给他们每一个人都起草一个非常详尽的自传。

她是谁？她长成什么样子？她来自何方？当她还小的时候

漂亮吗？她有朋友吗？她最喜欢的玩具是什么？她有一棵喜欢倚靠而坐的树吗？她看什么样的书？她夏天的回忆是什么？她结婚的那天是什么样的心情？她第一个孩子诞生的时候，或者她母亲过世的时候，心情又是如何？

在她现在的生活中，也就是她登上舞台走进故事之前的时刻，她在哪里？她早饭享用的什么，她是否听到了清晨鸟儿的吟唱？她是一个很好的网球运动员吗？她经常修剪她的指甲吗？她最喜欢的花是什么？她希望她的生活会有怎样的变化？她喜欢远足吗，或者她能够紧紧地缝一个纽扣吗？她会一个人去度假吗？她为人冷淡还是轻佻抑或两者都不是？她会说谎吗？她喜欢动物吗？她曾有过有一天她必将死亡的想法吗？我想知道她头发和眼睛的颜色，她嘴唇的形状，甚至她是否有个胎记我都想知道。

她言行举止如何？她走路姿态如何？首先，我得看看她；然后我想理解她。我想知道她的生活方式。她是在怎样的邻里环境中被抚养长大的？她居住的地方是两旁绿树成荫的宽阔街道，旁边有白色的房子和修剪精致的篱笆，还是一个工人阶级的邻里环境？她对自己成长的地方，对自己踏入的社会有什么看法呢？为什么有这样的看法，又是怎样产生的呢？我总会对一个人寻根究底，因为人的身上总是承载着过去的。

她在这个世界上从事什么工作？她的工作是充满了无限发展的潜力还是万般无奈的厌倦？她曾在哪里上学？她的成绩如

何？她的学校毕业年刊里是如何评价她？问题一个接连一个接踵而至。具体的细节给了人物真实的生命。

对于你构建的人物，问问你自己一些基本问题。在政治和宗教问题上她持怎样的立场？她的哲学观和道德观是怎样的？我也很乐意知道笔下的人物读的是什么杂志和报纸——不是她对朋友声称读过的那些，而是她会在外出度假的时候也带上的那些。人物几乎是代言了我们生活中的一切。

“你最喜欢的书是什么？”我问我的人物，“从一到十按顺序告诉我。”某个人可能会说《傲慢与偏见》或者任何简·奥斯汀的一本书，另一本是《飘》，再一本是《柳林风声》……这便对人物有了些许了解。在这本自传里，没有任何不确切的空间。你是创造者，因此，你就是无所不知的人。也许你对人物的定义甚至比他对自己的定义还要丰富。毕竟，你是作者，是创造者，你完全明白，究竟是什么优点和缺点决定了人物在作品中的表现，并且揭示了他的基本性格。

想象的力量是惊人的，作者有责任构建一个有秩序并且独特的生活。人物的雄心壮志是什么？到他的梦中去找寻。有什么地方出错了吗？你的人物有没有和你交谈过，告诉你他生命中最大的挫折是什么。除了对于他问题的诚实的答案，没有什么能够更加走进人物内心和人性的脆弱处了。我也会问我的人物，他一生中最快乐的是哪一天？这想象的力量告诉我一些能为这个人物服务的东西——能力、爱、安静的独处。

我们每个人都有属于自己的疗伤之所，不仅仅安慰了我们，也包括笔下的那些人物。每个人物通过他/她的行为也应该汇聚成一个独特的自传。亚瑟·米勒（Arthur Miller）在他的戏剧《代价》中指出，我们创造了我们自己。在创造人物上，你填补了一片以前没有使用过的空白。创造即是造出之前未有之物。

人物自己对于她自己生活中的行为持有怎样的态度呢？她是如何看待自己的？她又是如何看待生活的？她真的爱她丈夫，爱她孩子吗？她迷信吗？她的房屋整洁吗？她的妈妈爱她吗？她知道她妈妈爱她吗？她在深夜里会祈祷什么呢？接下来她的身上会发生或者可能发生什么呢？

梅里马克河上的桥，向西看对着马萨诸塞州的佩珀雷尔的小镇，那是戏剧《雕像》中学校老师珍妮·埃姆斯的出生地。每当我经过那座桥的时候，我都会向她轻轻地招手。尽管我虚构了她整个一生的故事，但我相信她以某种方式居住在那里。

是什么塑造了一个人物的性格，告诉我们是什么让他/她成为一个独立的人。正如J.布朗劳斯基（J.Bronowski）在《人的身份》[1]中所“拷问”的，出生之时只是机器，但是人生经历造就了独特的个体。

例如，当你坐在火车或者公交车上的时候，环顾你的四周。

1 J. 勃罗诺夫斯基《人类的身份》（纽约：道布尔迪公司/自然历史出版社出版，1965年版）第95页。

坐在你身边的男孩穿着蓝色的牛仔裤，但他整洁的绿色棉衬衣上却绣着一条鳄鱼。他喝着一盒酸奶并且在看一本《格列佛游记》的平装书。他告诉你他是因为上学才看的。他也告诉你说“我喜欢酸奶”，并且之后他说“我的父亲说《格列佛游记》是一本真正意义上的政治书籍，但是现在我不需要担心这个，所以我也不担心。”

在后来的旅程中你了解到他的祖母在缅因州的大鹿岛上有一栋避暑别墅，他此行是去拜访一位他父亲的室友（普林斯顿大学，1976 级）的女儿并且将陪伴她参加“高级沙龙舞会”。这个男孩很可能有点保守，富有，接受过良好教育，并且仍然很听他爸爸的话。他喜欢女孩，喜欢健康的食物。这是我们关于他的所有的信息。这是他选择告诉我们的信息。此时，作者就必须根据已经知道的信息填补出不知道的内容。根据这个基础，作者还要塑造一个完整的人物形象，同时保持人物的真实性和独特性。虽然难以预料，但并不是毫无依据。

然后再来看看过道那边的那个女孩是怎样的人呢？她穿着一件紧身的棉衬衣，一条鲜红色的棉质小短裙，脚上是一双凉鞋。她金色的直发散落在半个背上，当她兴致勃勃地和边上年轻的电台音乐主持人（或者他自己说他是）聊天时，她蓝色的大眼睛时不时地闪烁着。“我想成为一名空姐”她说道。她芳龄十七。“我想如果我一定得死的话，我想死于一场车祸，开得非常快的那种，但得是辆保时捷。”她接着说那天早晨她刚刚戒烟，她说她非常喜欢跳舞，但讨厌无趣的人，“比如说成年人，无趣的人总是让我感到无聊”，她又补充道。

你要马上把这些内容记录在你随身携带的日记本上，记录下完整的对话。这就像黄金一样宝贵，因为你不可能一字一句地都记住。你要把这些话就按照说的顺序记录下来，因为它们不仅展示了年轻女孩的性格，还告诉了我们她特定的说话方式，她的说话节奏。说话的节奏正是人物把他/她的每个词连串联起来的特定方式。

那个自称正在节食的年轻的电台音乐主持人（女孩其实不能理解），向女孩询问她的手机号码。她描绘着去纽约长岛家沿途的风景，路旁有一排排的紫叶欧洲山毛榉。路的尽头是一栋宏大的粉刷成白色的房子，右边还有一个景色优美的花园。听起来就和《了不起的盖茨比》里面的一模一样。

电台音乐主持人离开去给女孩买可乐，车上的一位年轻的售票员坐下来，告诉女孩他本来应该去阿默斯特学院上学的，但是他在三年级的时候辍学了，不过他也可能回去继续上学。你把这些都记录在日记本上。他自称其实自己是个作家，但是，“大多数文章……差不多写遍了所有的事情”。女孩看上去一点也不感兴趣。

你很想知道他究竟写了多少。你也很想知道关于那个女孩的事情。很容易预见的是——女孩过着富有的、轻松的生活。你看着她，现在她已经睡着了。那个电台音乐主持人已经离开很久了。她轻轻地呼吸着。她的秘密到底是什么呢？你猜想，或者她并不想做一名空姐。如果她没有在最后一年的英语考试中不及格的话，也许她希望自己能够去上大学。她告诉电台音乐主持人，她在最后一年里似乎是“到处寻找朋友”，所以那些关系总是让她心头不快……抑或其实也不是这样？

在她的声音里，你察觉到一些伤感，一种她自己都不曾意识到的渴望。这就是你要继续追随下去的东西。你是一个侦探，永远都在寻找微小的颤动，寻找冰山中隐藏的部分。填补这些空白就是一个作家的工作。一个作家会在创造人物之前问两个问题：是什么样的？如果……会怎样？

当你确定你对你的人物已经完全了解并且充溢着热情之时，你已经爱上了他们，尊重并理解他们，就像是建立了一种婚姻关系，那时你已经做好准备可以开始写作了。

一旦你了解人物的声音，你就得筹划他们为什么会在每个场景说话。当每个人物说话的时候，剧作家就必须变成那个人物。精神分裂症？是的。我对那个过程的解释就是钻进电脑和你的人物在一起。例如，当我在写阿尔玛（Alma）的台词时，我本身就变成了她，我坐在那张她会坐下的椅子上，写撒萨（Zara）和山姆（Sam）的时候也是如此。也许写一页的戏剧我会改变我的身份多达六次，这取决于那一页有多少个人物在讲话。你必须丢掉你作家的身份，尽可能多地拥有你在戏剧中展现的人物性格和感情特征。

作家一定要选取最能展现人物长处和短处的场景。你必须对场景进行测试。例如：想象一位经历了漫长煎熬的婚姻的女人，她准备离开她的丈夫。然而此时她丈夫却患上了癌症。她会怎么做？不是其他的人会怎么做，而是这个女人会怎么做？不同的环境产生的影响不断地累积，每个人都有自己的历史，因此，我们在某个情形下就会有特别的表现。

现在这个特别的女人是诚实的，忠于她的丈夫的，带着强烈的正直情感，所以她内心的矛盾相当巨大。但是你，一个作家，你知道她在这个决定之前生命里所有的重大时刻，你知道她成长于一个严格而又缺乏爱的家庭，她有强烈的宗教信仰，她的高中生涯风平浪静，她的大学时光因为一段恋爱关系而变得不同，但是由于宗教信仰不同她的父母反对，她嫁给了另一个男人，结果她的婚姻让她失望并且缺少爱情，这段婚姻唯一的产物——他们的儿子，因生活贫困最终进了佛罗里达州的监狱。你也知道，即使忠于并且爱她丈夫没有任何意义，她仍然忠于他——一片暗淡的场景，带了体验审美的可能，住了位充满力量和勇气的女人，但她并不愚蠢。她会离开她生病的丈夫，也许这是她一生做的最勇敢的事情。你知道她已经准备好做出一个对自己好的选择。你也知道这个决定并不是轻易做出的，但是取决于她之前的经历，你完全理解她为什么做出这样的决定，而且希望，能让你的观众和你有相同的理解。

事实上当你的人物塑造已经完成的时候，你要做的就是设计情节来测验你的人物。这也就是为什么你必须知道为了得到他/她想要的，每个人物究竟会走多远。人类的行为是无限可能的。这就是一个在主要矛盾上的选择的问题了。

戏剧中的人物应是与情境相反的。不要让每个人看起来都很简单，那样会十分无趣。选择意料之外的：小人物而不是将军率领军队前往作战；保守的人选择了最大的风险；医生却不是很具有人道主义。

选择一种新的结构。走进温室看一看各种各样的植物。想一下是什么在影响着它们的未来。它们将经受怎样的测验？是什么定义了它们？它们会怎样长大？人物是由他们所做的事情而决定的。

塑造一个有明确的兴趣爱好和独特性格的人物，并且投入感情来塑造，明白在设定的环境中人物会怎样表现以及为什么这样表现，这就是一个戏剧家的工作。然后，戏剧家就要构建戏剧的场景和活动，制造充分的矛盾，让主要人物能够与别的人物相抗衡，这样才能突出描绘出每个人物的中心或者灵魂。乔治·巴兰钦（George Balanchine）曾说只有上帝才能创造，艺术家只是在揭示。

对于很多剧作家来说，人物是一部戏剧中最最重要的一个成分。亚瑟·米勒在他的所有的戏剧中都保持以某个特定人物的魅力与他的故事作为开头。

在人物的初步塑造完成之后，你就进入了整个过程的第二步。现在这个戏剧必须测试人物的优点和弱点。在一个炎热的夏天，你把冷藏的潘趣酒放在前室，而不是储藏室，这样每个人都可以尝得到。因此，如果你戏剧中的主要人物由贪欲驱动，那么就必须有一堆金子让他们争抢。如果另一个人物是用她的自尊来定义的，那么就尽可能让她堕落，看看她究竟如何维持她的尊严。让每个人物的优点都经受考验；让尊严在逆境中绽放，让毅力在失败中闪烁。给人物一场需要反抗的战争，给他/她一个理由来展现其耐力。另一个角色，给她所欲求之物，然后在她前进的道路上设置一些阻碍，以此来观察她的抗争。只有你一人知道他们在战斗中会使用什么武器，因为你是作者，你是唯一真正彻底了解人物的人。毕竟是你创造了他们。

作为剧作家，在最初构思人物的时候，我们是跟随着人物的。最终，在和你的人物共度了一段时间之后，你会很庆幸，他们将带领着你。在写作过程中通过和人物越来越亲近，这种思路和方法能够慢慢走近整个戏剧的内核。

该讲稿作于1978年1月，面向来自哈佛、剑桥、马萨诸塞大学的作家。收入本书时稍有改动。

本章练习

1. 第一，给你的人物起个名字。然后把你的人物和你认识的某个人，或者是戏剧电影中的一个著名演员联系起来。这会赋予你的人物以物化特质，并且帮助你设想人物一步一步走进戏剧。随着你作品的进展，如果名字和人物不匹配，那就换一个名字。

2. 第二，坚持写日记，用一整周的时间来塑造你的人物。无论你走到哪里，这个人物都会跟随着你。记录下他遇到每个情况时是如何反应的。她早饭吃什么？他看什么杂志？她需要遛狗吗？他需要打电话给爱人吗？他们今晚有什么计划？这周末又有什么计划？她锻炼时做什么运动？他从事什么工作，做得好不好，他喜欢他的工作吗？每个人物的每一天又是怎样度过的呢？

3. 第三，让你的人物来回答以下的问题：

目前为止你生活中最幸福的是哪一天？

最难过的是哪一天？

最艰难的是哪一天？

最让你骄傲的是什么？

用人物的表达方式来回答这些问题。这些答案将直接切入人物的灵魂和缺陷，告诉你什么会让他奋斗，什么会让他矛盾，什么会让他开心。这个人物，以及他／她最深处的秘密，都将展现在你这个作家面前。戏剧毕竟是关于人物的秘密的——那些他们自己深深隐藏不想让别人知道的秘密。

5

对话：人物和我们交谈的方式

对话是剧作家基本的工具。这是我们和观众交流的主要方式。很多剧作家在提及为什么他们选择给戏剧院写稿的原因时，都告诉我是出于对对话的热情和天赋。如果压力很大，我会描写一下我最近去蓝领山脉的旅行，谈一谈开得正旺的紫荆花和山上的绿荫。但那不是剧作家最感兴趣的。他们最感兴趣的是活生生的人们一以及人们说了什么，为什么这样说。

在戏剧中，人物永远在忙于两种对话。从他们嘴里出来的真实的话语，也就是他们选择说出来的话，包含表层话语。深层话语事实上是人物正在想的和感觉到的内容——潜台词。这两种话语的不同就像苹果和橘子一样，人物的言语和其思考感觉之间的本意，是所有剧作的核心。表层话语和深层话语贯通之处即整个戏剧矛盾的爆发之处，即人物再也无法隐藏他/她内心的感受的时刻。

剧作家托尼·库什纳（Tony Kushner）曾说过，好的剧作家和坏的剧作家之间的差异取决于人物口中冒出来的每一个字。大卫·马梅（David Mamet）是写对话的大师，在剧作家协会项目委员会舞台编导和编舞基金会的演说中表示，舞台上的人物并不是为展现自己而说话，而是为了隐藏自己。马梅宣称人物说话以求得他们所欲之物，无论那是什么样的东西。浏览你写的一部戏剧，看看究竟多少次这项原则起了作用，这是一种宝贵的锻炼。这也可以作为一个检查点，保证你的人物在每个场景都有渴求之物。这是戏剧写作的基本原则：没有欲望就没有行动。

乔治·皮尔斯·贝克（George Pierce Baker）在 1888 年到 1924 年间曾担任哈佛大学英语教授，他于 1904 年创立了如今大名鼎鼎的 47 戏剧研讨会（47 Workshop in Drama）。在他众多的学生中，贝克曾教过尤金·奥尼尔（Eugene O'Neil）、西德尼·霍华德（Sidney Howard）、托马斯·沃尔夫（Thomas Wolf）和菲利普·巴里（Philip Barry）。研讨会的入门标准极高，只允许招收那些确实表现得有前途的剧作家。贝克在 1919 年出版的《戏剧创作技巧》一书中写道：

现代戏剧对话的起点和现实相距玄远。正如拉丁文寓意表达的那样，它起源于齐唱和音乐中的语言——类似于朗诵调。最早的戏剧对话的目的是什么？它寻求传达……一个戏剧片段或者事件所代表的事实。同时，好剧作过去这么做，现在这么做，并且将来也会一如既往地保持，把这点作为其主要的工作，如果戏剧要平稳明晰地向前发展，就必须把事实讲清楚，让观众能理解……当一个剧作家尽责地工作，笔下人物的情绪会提供给他正确的词句，向观众表达他们的情感，每个词都有了意义……感情越真实，……表述也就越简洁越富有深意。[1]

一个很好的锻炼对话写作的方法就是完整经历生活中的一天，在日记中写下你的所做所想，按小时来记录。24 小时周期内我们“想得”很复杂。我们醒来，想听音乐，或者独处，或者喝咖啡，或者听新闻，或者我们很孤独想要陪伴，或者想完成某项工作，或者想长时间地沐浴，或者想回到床上。几个小时之后我们在工作，我们想找一个离开的借口，或者犯了拖延症，所以我们发现自己在打扫壁橱，或者顶着压力踩着最后期限工作，却又同时谋划着在午餐时间去偷情，我们想去那儿，因为这让我们有欲望，或是性感，或是危险——无论是什么我们都想感受。现在我们有了冲突。我们想成功地完成工作项目来赢得老板的赞扬，或者为了自己的自尊心也想成功，或者我认为成功会促使薪水增长；但是我们也想要人生中的爱，或者赋予幻想生命力，或者是我们对于这特殊的感情的所有渴求。但是在特定的情景中，我们的对话又是由什么组成的呢？在你的戏剧中一个给定的场景下，你的人物又会有怎样的选择呢？这取决于你的人物，以及他/她最想要的。行动产生于欲望，

1　乔治·皮斯·贝克尔《戏剧创作技巧》（格林伍德公司，1970 年版，1919 版权归属乔治）第 309 页。

马梅是对的——人物跟着说的话和他设法获得之物直接相关。

我的戏剧《马赛之后》，以末日后的世界为背景，这其中的山姆想要从撒萨夫人口中探寻信息。他所欲即她能承认曾对他说谎，而她却想逃避山姆的问题。

山姆：我走过了那座桥，而你却已离开。我遇到了一个认识你的人。

撒萨：每个人都认识我。我很知名。

山姆：一个叫桑德逊的人。

撒萨：如果我见过的话，应该是阿尔及利亚的反叛者。

山姆：他称有传闻说巴黎政府已陷入混乱。

撒萨：胡说。在巴黎有个红发女子会告诉我们该做什么。

山姆：她叫什么？

撒萨：我也不知道。小姐，我称呼她“小姐”。

山姆：那是谁让这个红发女子负责这事儿的呢？

撒萨：她说她自己。别问我。

山姆：但是谁派她这样做呢？一定有人委派她。

撒萨：我告诉过你，是政府。我试过取悦迷惑她，但她守口如瓶。

山姆：但是，撒萨，你不是连非洲野猪都能迷惑到吗？

撒萨：却不是这个人。她脾气又差，又喜欢对人指手画脚。

山姆：但究竟谁指派了她呢？

撒萨：她说是政府。

山姆：哪个政府？

撒萨：我不知道！[1]

这便是一个对话和欲求两者相互影响的一个例子。这两个人物相互争论周旋，就像一支绝美的舞蹈。山姆最终让撒萨崩溃了，整个戏剧在那儿爆发，撒萨暴露出了骗子的本质。

如果对话经常出于这些动机，或隐藏，或展现，或取得，并且同时揭示人物内心并推动情节发展，那么剧作家肩负的更重大的任务就是让对话显得真实，同时也包括每个人物说话的方式。剧本每一行都必须按照符合人物既定的方式来写作。你想怎样实现这种现实?

不是每一个剧作家生来就有我所说的“马梅”的耳朵。有些人的耳朵就像是录音磁带，而其他人则需要不断练习。为了让人物的话语更加完美，我建议对于无意听到的对话做好记录，逐字逐句记录下来。它们就像是黄金宝库，是个人方言、节奏和遣词造句的记录。我觉得这就像是每个人物都有自己的诗情。另外，我总会找出那些表露人真实意图的短语或者句子。比如，你告诉你的朋友你需要找个人相谈，而他们告诉你正忙着一个即将截止的项目，但“下周二下午有空”。这不就全明白了吗?我们总是不断地表露自己的想法。

1　珍妮特·内普瑞斯《马赛之后》，2005 年版权属于珍妮特·内普瑞斯，第 44 页。

在蒂娜·豪(Tina Howe)的那部令人难忘的戏剧《彩绘教堂》里，最初由玛丽安·塞尔德斯(Marian Seldes)扮演芬妮，在下面那段和她的女儿玛格斯(Mags)的讲话中，回顾起了爱和呼吸的欲望：

过去是有真的暴风雪的。不是像现在这样我们看到的薄薄两英寸的积雪。在一场特别大的暴雪之后，爸爸和我通常去平民山(Common)上滑雪橇。这就是你出生前我们的生活方式。……天哪，就像是一百年前了啊！……爸爸会很早结束写作，穿上胶套鞋来看我，身上的配饰叮叮叮地响，就像响板一样，几乎好似鸟类求偶的鸣叫。平民山在暴雪之后总是被大家遗忘，所以我们就有了属于我们自己的充分的空间。这是多么浪漫啊！爸爸会躺在雪橇上面，我也蹲下骑在爸爸头上，我们会前后摆动来获得一个冲力，然后……喔喔喔喔喔哦哦哦哇哇哇哇……我们像陷入爱情旋涡的一对老鹰一样俯冲而下。[1]

美国戏剧领域对话写作最真实的作家之一兰福德·威尔逊(Lanford Wilson)在*The Hot l Baltimore*精准无误地设计了他人物的对话，纷繁复杂，让人晕眩。接下来的对话来自巴尔的摩旅馆中的住客，灯帐上的“e”因长时间点亮熄灭了，也给我们一丝戏剧在“失去”这个主题上的暗示。威尔逊剧本里

1　蒂娜·豪《彩绘教堂(Painting Churches)》出自《海岸的干扰(Coastal Disturbances)》中的四部戏剧(纽约：剧院通信集团，1989年版)第145页。

凝聚写作技艺硕果的演讲，关联着他的喜剧和渴望。人物苏西（Suzy）说道：

我喜欢香槟因为你会和别人分享。一个人坐着没有任何事却独自喝香槟就像是抽风了一样。[1]

在我比较早的戏剧《展览》中，有个叫凯蒂·瓦伦丁（Katy Valentine）的人物，她以前是无线电城音乐厅的一个舞者，她这样描述自己："每天早晨我起床之后，就摇一摇那棵树，然后告诉自己：'今天加油，今天加油，请给我一个惊喜吧！'如果并没有惊喜发生，我就这样（啪地折下手指）让它发生。生活就是厨师手中的沙拉，你要进一步地挖掘。否则它就只能是缓慢前进。"[2]

这些说话方式如此确切，如此特别，并只可能属于那个特定的人物，和戏剧中的其他人物不一样，作家是怎样得到这样的说话方式的呢？要我说你得听到人物对你说的话，也许你会问应该怎样让人物和你说话。我知道的最好的训练方法就是问你的人物一个有引导性的问题，任何问题都可以，然后让人物用他/她自己的说话方式来回答。作家精神分裂出来的耳朵和笔就变成了每个人物的独特的表达方式，直到你听到他们的声

1 兰福德·威尔森《热闹的L巴尔的摩（the Hot L Baltimore）》（纽约：希尔与王，1973年版）。

2 珍妮特·内普瑞斯《展览会》1975年版权属于珍妮特·内普瑞斯，第6页。

音，否则你不要开始写作，否则就永远是剧作家在说话而不是人物在说话。

在写戏剧的时候你要紧跟三种台词：大脑、嘴巴和心。当我设计对话的时候，在每一段话里面我都会尽力遵守这三种台词。通常，这些台词中某一个和另一个可能相差很远。但是，只有当它们最终贯通的时候，当人物所想和所感重叠到一起，爆发出来变成说的话语，戏剧人物的行为才能得到提升。

戏剧最让我着迷的部分就是人们所说的是与他们事实上想说的完全不一样的。这就意味着你要一直把潜台词翻译出来。这就像翻译一种外语一样。台词是文本，但是潜台词是我们知道他们正在想的内容。正如马梅所说，他们确实是在隐藏。仔细听取人们选择用来隐藏信息的方式，就像一个翻译家一样，学会把潜台词转化为台词，所以意思是可以辨别出来但是不明显的。在戏剧中我们拒绝明显。这就像我们在尝试想用一百种方法说“不”，但是就不能说出那个字。这同时也意味着我们的态度还是可以进一步协商的。

通常我从人物正在想的开始，然后尝试把它翻译成一行掩盖了真意，但观众能够看懂的台词。例如：也许戏剧中一个人物对于另一个人物想着“我恨你”，但是他没有把这说出来。他说了一些其他可以有这个意思的话，“我不喜欢你，也不敬佩你，如果我有机会的话，我会伤害你背叛你。”基于这个原因，现实生活之于戏剧而言，简直就是一个卓越的实验室。

通常人物形象会尤其清晰。某个人说了一句话，而且对那个人你无所不知，因为你是一个翻译者，总能听出真实的想法。据我所知这是一项最具挑战性的语言训练。每天早晨，我走出去，这个世界中人们都在不经意地泄露自己的本心。

例如，你正在和一个你不太了解的朋友共用一个旅馆的房间，此时你在颤抖。你朋友问你还好吗？你告诉那人温度太低了，然后你伸出你冷得几乎冻僵的手指触碰他/她。然而那个人不仅没有主动调高温度，反而告诉你他/她非常热。然后你被告诫没有穿适合的衣服。你最终离开了因为实在太冷了。每一行字都有深层话语和表层话语。整个场景大概会像这样进行：

玛格利特：这里快结冰了。（我好冷。）

安：是吗？（与我无关。）

玛格利特：你摸摸我的手。它们就像冰柱一样。（难道你不相信我吗？）

安：我很热啊。当我太热的时候我就头疼得要命。（就算你让我改变温度，我也不会这样做。）

玛格利特：你能把加热器调高一点点吗？（你这巫婆，我让你这样做。）我太冷了，快要生病了。（我在打可怜牌和同情牌。）

安：你带错衣服了。（你这笨蛋，你个傻瓜。如果你带对了衣服你就不会这么冷了。）

玛格利特：现在是什么温度？（我不会出去买新衣服的。该做适应的人是你。）

安：我不知道。（我也不会走过去看温控器的。）

玛格利特：（走到温控器边上）现在是62华氏度。（我简直不敢相信你会这么刻薄。）

安：你需要下去，到路边给自己买件毛衣。（我不会让步。我告诉你要做什么。现在就出去做吧。）

玛格利特：不用你来告诉我需要什么！我需要的是离开这里！

注意最后一行，玛格利特不再隐瞒她自己的感觉，现实中的对话与认定自己正当而不断上升的愤怒赶在一起爆发了。在这个例子中的场景里面，最有趣的是双方究竟能忍住多久不说她们真实的想法。

安东·契诃夫（Anton Chekhov）为世人所公认，他在运用潜台词作为戏剧工具上是炉火纯青的典范。不像上面那个场景，人物真实的感情从不在字面中浮现。在他的最后一部戏剧《樱桃园》，拉涅夫斯卡娅（Ranevsky）一家准备搬离他们的家，因为他们负担不起继续住下去的费用了。戏剧最后，商人罗伯兴（Lopakhin）已经买下了他们的房产，工人们正在樱桃园进行砍伐，他和拉涅维斯基领养的女儿瓦丽雅之间也免于联姻——自罗伯兴买下房产，瓦丽雅被迫远离家庭做一份家政工作，事情的逻辑上顺序是他向她求婚，瓦丽雅的母亲把她和洛帕克推到了一个房间独处，发生了接下来的事情：

（门后有一些隐忍不住的笑声和窃窃私语，最后瓦丽雅走进来）

从门外传来忍不住的笑声，窃窃私语声，接着，瓦丽雅上。

瓦丽雅：（静静地凝望行李）奇怪，怎么总也找不到……

罗伯兴：您找什么？

瓦丽雅：我自己打包放进去的，又记不起来了。（停顿）

罗伯兴：瓦尔瓦拉·米哈依诺芙娜，您准备上哪去？

瓦丽雅：我？上罗古林家去……说好了去给他们料理家务……当个女管家什么的。

罗伯兴：这是在雅什涅沃吧？离这里有70英里地。（停顿）这个房子里的生活就算完结了……

瓦丽雅：（查看行李）这东西搁哪去了呢……或许，我把它放在大箱子了……是的，这个房子里的生活完结了……什么也没有了……

罗伯兴：我现在去哈尔科夫……就坐这趟车。事儿很多。我把叶彼霍多夫留在了这里……我雇了他。

瓦丽雅：是这样！

罗伯兴：去年这个时候已经下了雪，如果您还记得的话，而现在呢，太阳静静地照着，只是有点冷……零下摄氏三度。

瓦丽雅：我没有看寒暑表。（停顿）我们的寒暑表摔坏了……（停顿）

（门旁传来的喊声：“叶尔马拉耶·阿列克谢耶维奇！……”）

罗伯兴：（像是早就在等这一声呼喊）我这就来！（迅速离去）

（瓦丽雅坐在地上，把头枕在包衣服的包袱上，轻声哭泣。

门开了，柳苞芙·安德列耶芙娜轻手轻脚地进来。）[1]

这段婚姻就到此为止了。

这段对话的技巧除了偶尔的独白就是停顿。你不是一个录音机，只因为一句台词是真的，不是把它写到剧本中的理由。现实不是艺术的借口。如果我们想要现实，我们完全可以打开窗口听听就好。

好的对话是有选择的，这其中的挑战是怎样选出那些和推动矛盾和问题紧密关联的对话。人物说出的台词都应该增强人物性格或者推动情节。否则，如果你有一句好的话，把它写到明信片上。

本讲稿在2001年6月在纽约大学国际项目“布拉格创作”上发表。选入本书时稍有改动。

1　安东·契诃夫《樱桃园》，1916年由朱利亚斯翻译。

本章练习：

改写下面的三段话，用平实的语言，重复，陈词滥调，无聊的话等等，尽可能地写得无趣。当你完成时，好好看看这糟糕的写作然后发誓你永远也不会再写出那样的文章。

1. 山姆·谢帕德《饥饿阶级的诅咒》中的艾拉：

你知道这是什么吗？这是一个咒语。我能感受到它。虽然看不见，但它就是在那儿。它永远都在那儿。它就像黑夜一样降临到我们身上。每一天我都能感受到它。每天我都能看到它的降临。而且它一直都会降临，不断重复。即便你做任何事情阻止它，它还是会来。即便是你努力改变它，它还是会回来。它一次次回到微小的细胞和基因中，到原子中。在没有我们参与的情况下，回到那些组成它们思想的游离物中。根植于子宫内，甚至在子宫之前的阶段，在空气中。我们被诅咒包围。它们甚至大过了政府。它们发展，我们传播，我们传递。我们继承了诅咒并将其一次又一次传递。它们不断传播，似乎我们也不存在一般。[1]

2. 大卫·亨利·黄(David Henry Hwang)《蝴蝶君》（M.butterfly）中的宋(Song)

你们最喜欢的这样的幻想了，不是吗？顺从的东方女人和残忍的白种人……这样想，金发碧眼的校友日本王后爱上矮小的日本商人，你会作何反应？日本商人待她非善。商人回家三年，她对着他的照片祈祷，期间还拒绝了一个年轻小伙肯尼迪（Kennedy）的求婚。后来她听说日本商人结婚了，便自杀了。现在你可能会觉得这个姑娘又蠢又疯，是不是？但是故事是一个东方女人为了一个西方人自杀——啊——你会觉得故事很美吧！[2]

3. 兰福德·威尔逊(Lanford Wilson)《焚烧》（Burn This）中的帕莱（Pale）

1　山姆·谢泼德，《七部戏剧》（纽约：班塔姆，1981版）。《饥饿阶级的诅咒（Curse of the Starving Class）》，1976年版权属于山姆·谢泼德，第173-174页。

2　大卫·亨利·黄《M. 蝴蝶》（纽约：戏剧家剧目服务公司（Dramatists Play Sevice）1988年版）第51页。

这他妈是个什么鬼地方，什么人住在这狗屎城市？我受不了了，我任何时候都不想在这阴沟里开我的车。这他妈都是些什么人？这城市为了私用保留这片区域。在垃圾街开了25分钟车，我把车停在这，回头看，婴儿绿屎一样的房车在我后面狂摁喇叭。我下车，那该死的说：“这是我的地方”。我给他看了看撬胎棒，给那该死的说：你要想要这，你明天早上醒来，发现你睡在你该死的车里。这不是你的地方。哼哼，我说的对不对？压根没你这样的货说话的份。[1]

现在，把下面三个正常句子改写，使得语言更加独创、有活力、明确，切忌乏味。

1. 你那样做我真的很生气，好像你不在乎我一样。

2. 我觉得我爱上你了。

3. 我们不能继续这样私下见面了。

1 兰福德·威尔森《把它烧掉（Burn This）》（纽约：希尔与王，1978年版）第25页。

6

地点：剧本创作的手段

在尤金·奥尼尔(Eugene O’Neill)的《长夜漫漫路迢迢》(Long Day’s Journey into Night)中，伴随吹响的雾角，我们能感受到来自康州纽伦敦海岸咸咸的空气；同时，雾霭笼罩着人物幽灵般的生活。在田纳西·威廉姆斯(Tennessee Williams)所有的剧作中，南部热浪紧紧连着稿纸和烦闷，给人物的寻爱之旅带去重重阻碍。在山姆·谢波德(Sam Shephard)作品中，加州的贝克尔斯菲市是个贫瘠的地方，作品中的人物也同样贫困。和当地的土壤一样，在那里谋生的人努力却只给他们带去了空虚与愤怒，相互撕扯。在约翰·格尔(John Guare)的《六度分裂》(Six Degrees of Seperation)中，生活迷幻诱人，名流聚集，复古重现，只有在纽约才可能产生这样的文化。环境是一切。

几世纪以来，我们的幸福状况和冲突斗争在被神经化学物质和遗传影响的同时，也被地点所影响，这样的观点一直存在。两千年前，希波克拉底(Hippocrates)提出西医的主旨：我们的身体和精神被地点影响。[1] 作为剧作家，我们意识到地点对我们的人物是至关重要的。在戏剧中，我们考虑的不是欢愉和宽慰，因为戏剧中并非关于快乐的人。戏剧更像是对不可能得到的欢愉的追寻或是失去幸福，或者是关于因个人选择而造成的悲剧。戏剧是有关斗争的。

戏剧中地点的力量要求我们把人物放到环境中检验他们。可以是无意识触发童年记忆的地方，也可以涉及气候、政治、经济或者环境的转变。例如，当我想到这个国家的住宅高级化，就会想起常住居民希望他们的孩子能够在这条街上买房子，可以放心地不锁门。他们在被检验。把你的剧置于一个能使你的人物具有爆发性的地点。

亚瑟·米勒(Arthur Miller)的《代价》(The Price)将故事置于曼哈顿一个即将拆除的上流社会阁楼中。阁楼中混杂了家具、一生的纪念物。两兄弟和一个古家具鉴定人所罗门(Solomon)一同出现，为家具估价。阁楼支离，幽闭令人恐惧。如米勒所述，一个旧艇桨，一张床，一双滑冰鞋使得两兄弟思考，时间使他们失去了什么。[2] 米勒将故事置于此，回忆产生了。没有背景，没有梦，只是使用物件罗列这样颇具新颖独创性的方法。

在尤金·奥尼尔的《送冰人来了》(The Iceman Cometh)中，故事发生在康州新伦敦的一个酒吧里。酒吧正是剧作家的乐园。

1 希波克拉底，《希波克拉底的话》W. H. S. 琼斯和E. T. 威辛顿，等等。(剑桥，玛斯：哈佛大学出版社，1923 年版)。

2 《亚瑟·米勒收集的剧目》(纽约：维京出版社，1981 年版)

根据亚瑟和芭芭拉·盖尔布(Barbara Gelb)的奥尼尔传记，这个酒吧的灵感是源于新伦敦富尔顿街的一个沙龙。沙龙名为金色天鹅——牧师吉米的酒吧和格林威治村摇摇欲坠的宾馆。对奥尼尔而言，酒吧的设置使得背景迥异的人物来来去去，产生交集。在这里，酒精使得人迷醉，让人讲真话。

剧本地点的定位是寻找一个剧的核心，是给人物一个具体的环境，不仅是当前情境，也是周遭环境。当剧作家定位了人物角色，下一步就是确定地点。地点问题决定了期望以及可能出现的冲突。

贝克特(Beckett)和约内斯科(Ionesco)这样的作家，只是成功而非特意地用细节将他们的剧置于氛围中。例如，在约内斯科的《椅子》(The Chairs)中，他只简单描述“昏暗的摆设，单调乏味，一片混乱的房间”。[1] 如果你的剧本没有刻意设在某个特定地方，没有特定细节，那必须将剧情设置于和核心为一体的布景中。

为剧本设定地点时，一部分是要思考什么样的氛围能够帮助塑造人物，升级冲突。戏剧从来不是有关舒适的人群。你要给你的主人公什么样的最大烦恼？也许他们远离家乡。当你远离家乡时，什么问题困扰着你？会有什么危险的事情出现？或者他们是在一个姐姐家，但是他们不喜欢那个姐姐。如果他们

1　欧仁·尤内斯库《椅子》，唐纳德·M. 亚伦翻译，（纽约：格罗夫出版社，1958 年版）第 80 页。

搬到新的地方会怎么样？如果是搬到一个破旅馆呢？我曾把度蜜月的两个人安排到法国里维埃拉的一个破旅馆。在短剧《周日五时于寇特扎乌尔》(Sunday at Five on the Cote D'Azur)中，你们都知道这段婚姻不会持续。我知道我的主角，在周日午后被赋予了忧虑色彩，是无法在这个破旧旅馆房间克服失望的。当然，环境还不仅仅是这个旅馆房间。

我的处女作《雕塑》(Statues)，就是利用特定地点的例子。我每日在高架列车上穿行，内心总想在马萨诸塞州查尔斯镇找一个视野广阔有宗教雕塑的世界。由此，我有了一个关于剧本的想法。不久后，我找到一个真实的工厂，被一排排重建房屋、推土机和水泥搅拌机围着。旧住宅区在大型重建项目中被拆掉，这座工厂也就成为了我的雕塑制造者，如剧本后来所述的“同类中最后的一个”。

我预约了某个雕塑。当然，我也做好了必要时候买一尊圣母玛利亚复制品的打算。我拜访雕塑制造者，他打开门，把我带到一个满是大理石和灰尘的世界。桌上已经摆好咖啡和面包圈。信息很明显，我是受欢迎的。我的拜访是一件大事。有一次，他只叫了我的名字。那意味着什么？那种情形显示一个充满可能性的世界……谋杀、爱恋、幻想……哦，那正是激动人心的开始。一个剧本诞生了。

在实际的剧本里，是高中老师詹尼·艾姆斯(Jennie Ames)要为课堂剧找一尊雕塑。当她被迷住时，便沉默而焦急地离开了工厂。她对冗长的旅途愈发不安，因为她没有看到任何一尊想要的雕塑，虽然其中一个是克里斯托弗·哥伦布(Christopher Columbus)。

实际的情形总是仅仅停在开始。然后想象开始起作用。你得决定什么能最好地服务于你的剧本，什么能推动产生最大的张力和冲突。所以剧本里的雕塑制造者比实际的雕塑家温柔和年长一些。尽管他遗憾地跟我讲起人们想要他宗教雕塑的事情时，说“并非只有爱床和吉他”。这句话我直接在剧本中使用了。在剧本最后，雕塑家罗伯托(Reberto)邀请詹尼共进晚餐，这在我写剧本的时候对我而言是个惊喜。当你了解了你的人物，他们会自动为你描绘情景。我从没有带着雕塑离开，但是我确实带着我的第一个关于波士顿的剧本走了。在布兰迪斯大学演出的首批雕塑是那个真实的雕塑家提供的。后续的制作使得雕塑家的宗教雕塑生意复兴了。

我写剧本时，确实为雕塑工厂窗户飞来的石头感到惊讶。我本不应该那样。雕塑制造者罗伯托·达·法拉利兹(Reberto Da Fralizzi)从来不会惊讶。他说：“是小混混扔的”。作为剧作家，我仔细研究过剧本原型工厂外面的街道，我知道它坐落在地势低的街道。了解这些知识，可以知道石头可以飞进屋内，尽管我最初并没有打算把这些融入剧本。环境便是机会。

舞台的封闭吸引剧作家，止如可自由漫游的银幕吸引编剧一样。但是体裁并非互斥。外界总会自行进入你剧本中的世界。

从更文学的意义看，你不会因剧本中地点的单一设置而受到局限。我第一次深刻了解到这点是几年前我在澳大利亚悉尼看到土著剧作家比利·马歇尔·斯托金(Billy Marshall Stoneking)的作品产生的。那部剧发生在六个场景。每个场景都被规划在一片区域内，每个场景都被一两件家具装饰。办公室场景只有简单的桌椅。一堆木棍象征营火场景。卧室场景只有一张床。一棵树暗示了庭院场景。你懂得了其中的含义，观众也会懂的。一旦场景设定了，你便会知道你在哪里。我了解了这点，使得我在写《一个小代表团》(A Small Delegation)时有了很大的自由。中国长城、紫禁城的庭院、百佛寺、茶馆、护照处和宴会厅全在一个舞台上。由李名觉(Ming Cho Lee)设计的费城安嫩伯格中心的初期成品，具有原创性的设置是一系列根据场景变化排列的红色桌子。

环境即是人物。环境定位也是发掘剧本的核心、事物的中心，好像地点环境代表着另一个人物一般。人物有其自身的历史、气味、品味、性格、弱点和强项。

当我师从伊斯雷尔·霍洛威茨(Israel Horowitz)学习剧本创作和以作家为职时，他教会我的其中一点就是场景设置。伊斯雷尔说的第一件事是："永远不要把剧写到厨房或者客厅，那会很无聊。"

一些伟大的剧确实是设置在厨房了，谢泼德(Shephard)的《烈火家园》(Curse of the Starving Class)和其无处不在的冰箱。但是我的老师想让我们初级作家去延展，为我们自己的写作提供广度。霍洛威茨一直是情景地点设置的大师。对他的学生们而言，现在大概会害怕去写一个引起蔑视的，设置在客厅或厨房的剧。我的第一部剧设置在雕塑工厂，第二部剧设置在现代艺术博物馆的展览馆，另一部剧设置在拉斯维加斯的赌场内，这都归功于伊斯雷尔。我觉得这是使得我剧本创作生涯顺利的重要一课。这一课让我最近的创作到了马赛的海滨，下一次将到南非的街道。

作为剧本创作老师，我的旅途遍布世界。我在美国新闻总署工作时，帮助组建一个为纽约大学艺术学院写作的国际组织，我鼓励学生们使用当地货币去为风景投资。

在佛罗伦萨、伦敦、布拉格、南非，随同历史、艺术、当地建筑课程，我教授暑期剧本创作课程。随后，作家们被要求将城市作为他们剧本创作的主要场景之一。

在伦敦，有莎翁逸事。莎士比亚（Shakespeare）的灵魂回来见证了《暴风雨》(The Tempest at Stratford-on-Avon)的诞生。在牛津有谋杀迷案，在伦敦塔内有秘密爱情。有关于二战时期，被派驻在那里的士兵返途寻找女儿的故事；有关于爱上披头士的利物浦异装癖的独角戏。在布拉格，有无数关于吸血鬼的剧。如果去特兰西瓦尼亚短途旅行，还会有涉及大屠杀和共产主义盛行年间的政治故事。在布拉格，有鬼魂出没在犹太公墓的故事，有捷克面包师的复活节有秘密配方被小镇的对手偷了的故事。

在我前往布拉格时，制片人朋友陶德·布莱克(Todd Black)正在那里拍摄《圣战骑士》(A Knight’s Tale)。他邀请我的学生去观看影片拍摄。从中诞生了一部关于美国剧组在布拉格拍电影及他们遭遇的剧。

在南非的班级里，所有的学生都来自美国。有很多关于种族隔离和向现政府转变的剧，也有关于真相与和解委员会的剧，有关于南非白人钻石商的剧，有发生在当地小镇的剧，有关于一家人被艾滋病困扰的剧，有发生在尼尔森·曼德拉(Nelson Mandela)就职那天的剧，涉及了他在罗宾岛的囚禁。

旅行当然可以把作家带出厨房！旅行是剧本创作的手段。

近来一个朋友讲他发现的一件令人惊奇的事，一个在波士顿贫民窟长大的孩子，成长为一个像我一样吸收了世界元素的作家。在过去的时光里，我们的世界很小，我对沃克赫尔703街以外的地方毫无认知，对我旅行所去之地也是同样。在过去的社区，我们大多数人知道的都是我们想走出去，去一个别的地方。

一个作家近来向我坦白，她对特定的根源没有认识，这让她感觉被欺骗了。她的父亲是一名军人，从小她不停地更换住地。“我没有可写的童年场景”，她对我说。这怎么可能是真的？我们都在某个地方成长，这些早期的画面和故事都会最终出现在我们的剧本里，暗喻般地，由我们的记忆有意识或无意识地转化。这些被埋葬的记忆碎片正是使得我们作品具有特点、具有独立性和有场景特征的东西。

此文为2002年在南非开普敦给纽约大学的“书写南非”项目学生的演讲。收入本书时，稍作修改。

本章练习

1. 为一个情景设置一个地点，将同样的情景放在三个不同的城市描写。然后将你写的三个情景分别变换背景。如果一个原本发生在伦敦卧室里的故事，改为在西敏桥上。如果下一个情景是墨西哥沙漠，就改成在加利福尼亚的卧室里。如果第三个是在费城的宾馆房间，就改为在欧洲火车的包厢里。看看地点如何影响人物和故事。

2. 如果你的剧本是发生在单一的情景里，那么考虑你的人物可能想去哪里。写写其他地点的情景。改变地点是否会提升剧本，推动情节发展，抑或是提高风险？如果确实如此，考虑重新设计你的舞台。

3. 为一部剧列出十个可能的地点，不管是你去过还是梦到过的地方。你可能会因此而开始一部新剧。一个剧的开始可以是一个地点。当我去了马赛后，我就想写马赛，后来我就写了《马赛之后》（After Marseilles）。人物，地点和情节自然跟进。

7

结局

当我问一组剧作家，什么是他们写作最大的困难时，他们一致说：“结局！”所以，我决定探究成功结局具备的品质。我从《牛津英语词典》开始研究，结局的定义是：故事的完结，结尾，终结。它也描述了结局作为一个界限，一个后果，一个结果，一个最终目的，事物存在的客体，剧本想发展的方向，如球门底线，也如终点。[1]

因此，剧本的结局是剧的最后画面，也是最后的台词。伊斯雷尔·霍洛威茨教授学生时，让学生们注意他们最后的台词或者声音是否具有深意。是否和剧传达的问题相关，是否与试图解决的冲突相关？

剧作家约翰·格尔（John Guare）在被问到是否带着结局写作时，回答道：

如果你知道你将去向何方，何必费心思写作呢？那样就没

1 编辑莱斯莉·布朗《新编简明牛津英语词典》“结束语”卷1 A-M，（牛津：克拉伦登出版社，1993年版）第817页。

有什么待发现的了。我仍然记得当我在写《蓝叶之屋》(The House of Blue Leaves)，我意识到结局是什么时感到恶心了。那部剧结局是，作曲家阿蒂(Artie)意识到他作品的真正价值在于杀死他妻子，因为他妻子那样看待他。[1]

最近布莱奥尼·莱弗里(Bryony Lavery)的非百老汇戏剧《去年复活节》(Last Easter)(2004)在路西尔·洛特尔剧院上演。加什(Gash)由杰弗里·卡尔森(Jeffrey Carlson)扮演。他追喊着刚刚因癌症去世的朋友朱恩(June)，走过剧院走廊，穿过观众，离开步入"来世"。他不断重复"外面有什么吗?"这是最后被质疑的信念，因为信念在这部剧中是让人觉得滑稽的薄弱环节，对空旷之处的呼唤更加痛彻心扉。以一个所谓愤世嫉俗的无信仰者，结束其追寻信仰之旅为结局。在最后台词可证的分析中，他确实在追寻什么，信念也罢，上帝也罢，或者其他任何东西，这些是围绕贯穿这部剧始终的习惯性玩笑。以这种方式，作家传达了信仰，同时也在质疑信仰。值得注意的是，结局如何一步步接近你。这部剧最初看似是关于一群朋友在他们朋友患癌症的最后时光陪伴左右的喜剧，但最终轻轻一转，令人心头一震，全盘颠覆。

在检查结局时，我们应当以童话故事为模范。童话中，不

1 编辑乔治·普利普顿《剧作家在工作》，"约翰·格尔"(纽约：巴黎回顾与现代图书馆，2000年版)第325页

论是吞食了去外婆家小红帽的大灰狼，还是只能被王子吻醒的睡美人，总是有一个待解决的问题。当遇到问题或者邪恶时，故事便可以结束，这意味着环境的变换，结局。

彼得·布鲁克斯(Peter Brooks)在他的书《情节阅读》(Readings for the Plot)中说，叙事是我们思考和讲话的一种方式，“情节是设计的线索，是积极的构造力量，是我们对无意义俗事拒绝的产物，是我们对所在世界和生活有意义的固执坚持。”[1]所以我们要在结局展现剧的意义，这个意义只有在写作之旅完成之时才会露面。

亚瑟·米勒(Arthur Miller)在他的论文“现代剧中的家庭”中讲到是内容主导了形式，所以结局没有任何机械性的原则。对我而言，剧本写作的快乐在于搞清楚每一部分独立的建筑结构。在同一篇论文中，米勒写道:

> 大多数人，包括那些每日戏剧评论家，认为不论是起源于不知名的某处，还是剧作家的随性选择，是形式主导了剧本的写作。我并不认为形式的选择像让雨衣代替亚麻套装那么主观；相反，大多数剧作家，包括我在内，是非常本能地选择剧本的形式，那种使得手边的主题不会出错的形式。[2]

---

1 彼得·布鲁克斯《情节的阅读(Readings for the Plot)》(纽约：艾尔弗雷德·克诺夫，1984年版)。

2 亚瑟·米勒《阿瑟·米勒的戏剧杂文》“现代戏剧中的家庭”(纽约：企鹅出版社，1984年版)第69页。

结局也是这样。

当你在写剧本的结局时，你是双手拥有控制权的战车司机；当你将要结束比赛的时候，你的缰绳越拉越近，所有的绳扣都集合到一起。

这些缰绳是什么？你掌控的是你剧本所有描述的线索。当我们说一个剧作家“获得一个结局”，这意味结局和剧本叙述主线是有机结合的。

有时，我倒回去看一个剧本，画每一人物叙述线条的图表。然后我为每一个人物的线条增添情感支线。接着我从头至尾画出情节的图表。随后我再回到剧本最初的疑问，检查该疑问是否在剧本全线中显现清楚。

当这些复杂的线索轮廓清楚时，我把他们贴到墙上或者放到地上，以便我可以审视全剧。随后我把这些线索装入脑海，走上一会。作为剧作家，要确定你跟上了你剧的所有线索。现在，像握住缰绳一样把握这些线索。很多时候，最后的景象可能是突然在你做别的事情时浮在脑海的，你可能是在公园散步，或是在冲淋浴，也可能是在吃冰淇淋。这些图像似乎神秘地在演变，但是它也像雏鸡破壳那样超出潜意识地在进行。

现在，我们来研究一下一些剧本的结局，来看看它们是如何有效地服务戏剧的。

科诺·迈克菲尔森(Conor McPherso)的新剧《闪耀城市》(Shining City)2004年夏天在伦敦皇家剧院首次公演，故事设置在都柏林，一个男人向医生寻求帮助。他声称看到了刚逝世妻子的鬼魂。

我刚走进客厅，打开灯……当我转身时，我看到她站在门口看着我……她的头发是湿的，贴在脸上……你知道的，这难以让人相信……最后，我也不知道怎么回事，朝门走去，就在她旁边……她就在那门后。[1]

他形容他妻子的鬼魂穿着红衣服。在剧中，医生治愈了这个男的，帮他摆脱红衣女鬼的困扰。医生有了他自己的问题，这是他病人曾经“去除的”。下面是这部剧的最后情节。医生是伊万(Ian)，他已被治愈了的病人是约翰(John)。

伊万：我认为你确实经历了，确实经历了什么事情——但是我认为这是因为你的需要，才发生了的……你在牵引它……你觉得如果不被惩罚或者怎么着，你无法继续生活……它确实发生了！但是……我不信你看到鬼魂了。你明白吗？

约翰：嗯，我能理解。但是总有段时间理解不了，你知道吗？那就是不同的时间。

伊万：嗯，是的。

约翰：……我会再见你的。

---

1 康纳·麦克弗森《闪烁的城市》（伦敦：尼克·埃尔南德斯图书公司，2004年版）第12–13页。

伊万：我会等你从那里走出来的。

约翰：我会再见你的。伊万，好运。

伊万：再见，约翰，拜。

（当约翰下楼了，伊万在开着的门附近晃来晃去。我们听见外门“砰”的一声，伊万喊出了声。）

伊万：你走出来了吗？

（没有回应。伊万关了门，穿过房间。在午后阴暗的房间里，我们看到约翰妻子的鬼魂出现在门后。她看着伊万。正如伊万描述的那样，她穿着红衣服，头发是湿的。她看起来令人害怕。伊万坐在桌子上，背对着她，翻看文章。但是他似乎感觉到了什么，便转身）

（灯灭了）[1]

在这部剧中，两人在生与死的绝望挣扎中互相帮助。一个人同他希望的那样，走了出来，得到治愈，另一个继受了红衣鬼魂。

洛林·汉斯伯里(Lorraine Hansberry)的《日光下的葡萄干》(A Raisin in the Sun)借鉴了兰斯顿·休斯(Langston Hughes)的诗歌“哈莱姆区”。

若梦想延期将会怎样？

它会干涸吗？

---

1 康纳·麦克弗森《闪烁的城市》（伦敦：尼克·埃尔南德斯图书公司，2004 年版），第 63-65 页。

如同烈日下的葡萄干？

或像伤口般溃烂

然后远远逃开？

它会像腐肉般散发恶臭吗？

或是包裹糖衣伪装坚强

仿若糖浆？

也许它只是消沉

像是重负

抑或它会爆发？[1]

在《日光下的葡萄干》中，为生计挣扎的扬格(Younger)黑人家庭，住在50年代的芝加哥，继承了去世父亲的一万美金保险金，他们决定在白人社区买一套房子。当这家人打包行李时，社区代表卡尔·林德勒(Carl Lindner)提议：如果扬格一家不搬入社区，克莱伯恩公园社区协会将付钱。扬格家拒绝了。但是默许的社区领导当沃尔特·李(Walter Lee)丢失6500美金保险金时，他说他会让这家人被买断。他说："你们知道的，一切都分割了，生活当然也是，分成了获取者和被获取者。"[2]

1 兰斯顿·休斯《兰斯顿·休斯诗集》"哈勒姆【2】"（纽约：艾尔弗雷德·A.克诺夫，1994年版）第238页。

2 洛兰·汉斯贝里《日光下的葡萄干》(纽约：兰登书屋，1995年版)第125页。

沃尔特·李对落入低等感到厌倦。他的妹妹贝妮萨(Beneatha)发誓如果他向权力妥协，他将不再是她的哥哥。他的母亲莉娜(Lena)(家庭的实际领导)惩罚贝妮萨：

孩子，你觉得什么时候是一个人最爱某人的时候？当他们做了好事为他人提供方便之时吗？定然不是那时候。而是当他跌倒谷底失去信心的时候，因为世界在那样鞭笞他！[1]

那之后不久，林德勒又来了，准备付钱让扬格一家人离开。然而，沃尔特·李让每个人失望了，他说：

我们决定搬到这里是因为我父亲——我父亲他一砖一瓦挣来钱。我们不想给任何人添麻烦或是找碴，我们会努力成为好邻居。这是所有我们想说的。我们不要你们的钱。[2]

林德勒先生走了之后，扬格家庭又恢复了搬家的狂热，试图无视沃尔特的傲慢行为。所有人走后，我们看到妈妈自己在公寓里：

妈妈一个人站在客厅里，灯光暗下时，她的植物在面前桌子上。尽管所有的孩子在下面叫她，她仍不管。环视墙和屋顶，她忽然想到什么，把拳头伸入口中扼杀它。最后绝望地看了一眼，带上外套，扣上帽子出来了。房间阴暗。门开了，她进来了，

1 洛兰·汉斯贝里《日光下的葡萄干》（纽约：兰登书屋，1995 年版），第 129 页。

2 洛兰·汉斯贝里《日光下的葡萄干》（纽约：兰登书屋，1995 年版），第 132 页。

拿上植物，最后一次走出房间。[1]

剧的最后时刻，将斗争集中在了妈妈身上，表现为获得社会对其家庭地位认可的斗争，对居住限制、威胁、贿赂的抵抗。一切都意味现在的社会阶层无法改变。洛林·汉斯伯里的剧本受到她父母传授给她的经验影响。她在介绍中写道："我们是最傲慢，被虐待最深的人种的后代……毕竟，唯有两样东西我们无法改变，家庭和种族。"此剧致妈妈：感谢她的梦想。

这部剧是关于追梦。扬格一家确实有他们的梦想。他们会搬到白人社区。但是为了实现梦想，改变现有社会地位，必须付出代价。《日光下的葡萄干》1959 年在百老汇首演，正是民权运动时期，代表着整个一代人必须做的选择。尽管该剧只是关于个人，但涉及 60 年代的全部和公民自由。扬格一家的斗争成为所有人的斗争。民权运动之梦的实现不是没有代价的。玛玛也是我们，在努力走出去。

当结局沉默，汉斯伯里获得了什么？一个解读是妈妈直视了未来的面孔，看到的是不确定；她会获得斗争的胜利，以及斗争的知识。她最后看了一眼房间，穿戴整齐，打开门，而非摔门，并在最后时刻拿出她的植物。她带上了过往的残留和未来成长的可能性。

---

1 洛兰·汉斯贝里《日光下的葡萄干》（纽约：兰登书屋，1995 年版），第 135 页。

在温迪·瓦萨斯坦恩(Wendy Wasserstein)的《洛斯维格姐妹》(The Sisters Rosensweig)中，我们看到来自布鲁克林的犹太女人们聚集在伦敦安妮女王门大姐家里。她们都远离家乡。尽管二女儿高哲斯(Gorgeous)基本实现了别人对她的期望：她嫁了一个律师，有了孩子，搬到波士顿的郊区，组织在犹太教会的女性去伦敦旅行。戏剧处理了这些女性所向往的和所拥有的事物间的复杂关系，还有她们之间差距的关系，以及她们和过去的自己的关系。剧以大姐萨拉(Sara)的女儿泰丝(Tess)听她母亲大学清唱团录音开始。泰丝在做一个学校课题，写她母亲早年的传记。"真做作"，剧开始时泰丝说。尽管唱歌是萨拉过去生活很重要的一部分，她全剧一直拒绝唱歌，直到结尾才唱了。高哲斯刚刚退掉旅行团女人们送给她的香奈儿礼物，以便她能支付孩子的学费；佩芬尼(Pfeni)(三人中最年轻的)已经前往塔吉克斯坦，写那本她一直都想写的书；萨拉刚刚跟她生命中那个初见的、年长的又十分理智的男人道了别(这个道别可能是暂时的，也可能不是)。最终，单独和她妈妈在一起时，泰丝邀请萨拉去参加她们学校一个项目的面试。

萨拉：我叫萨拉·洛斯维格。我是丽塔和莫里·洛斯维格的女儿。我1937年8月23号出生于纽约布鲁克林。

泰丝：你第一次唱歌是什么时候？

萨拉：我14岁时在斯卡拉(位于意大利米兰的著名歌剧院)

初次登台演出。

泰丝：妈妈！

萨拉：光明节（犹太教节日）时，我在东密得伍德犹太中心第一次演唱。我当时扮演一支蜡烛。

泰丝：那你为什么后来变成了一个高音歌手？

萨拉：你的外曾祖父认为我能成为一个歌唱家。

泰丝：你现在能唱两句吗？

萨拉：宝贝，现在太早啦。

泰丝：请唱两句吧。（开始唱）

萨拉：闪耀啊闪耀，一轮满月挂晴空。

萨拉：自从一月、二月、六月或七月我就再没爱过。

泰丝：接着唱，妈妈！

萨拉：飘雪的时候就不能待在外面。

泰丝和萨拉：就闪耀吧闪耀，那轮满月。

萨拉：（边唱边摸着女儿的脸）为了我和我的姑娘。[1 2]

通过这一简单的肢体语言，我们终于看到了这得来不易的时刻，看到了母亲与女儿之间过去的和现在的纯粹的母女关系。虽然我们知道这些人物会继续挣扎，但是一个小小的理解和一个脆弱的纽带已经在母女间建立起来。

---

1 温迪·瓦瑟斯坦《姐妹效应》（费城：：哈考特布瑞斯出版社，1994 年版）第 107-109 页。

2 抒情诗《月光照上来》（Shine on Harvest Moon）由杰克·诺沃斯 1918 年注册版权。

《洛斯维格姐妹》的编写从契诃夫的《三姐妹》借鉴了很多。然而，它的结局并不像《三姐妹》一样完满。奥尔加（Olga）、玛莎（Masha）和伊莉娜（Irina）在整部剧中都试图逃离她们所在的省，并返回她们的家乡莫斯科。萨拉、高哲斯和佩芬尼，她们在失去了与过去一切联系的现状下活着。不像洛斯维格姐妹，这些女人并不想逃离她们的过去，相反，她们宁愿回到过去。当那个英俊的韦尔希宁（Vershinin）船长来到小镇上时，她们意识到曾在莫斯科见过他，他立马变成了她们家里的常客——并且让她们产生了返回那座城市的生动的幻梦。然而，正如在契诃夫的故事里和日常生活中经常发生的一样，事总与愿违。在第四幕的末尾，伊莉娜的未婚夫——图岑巴赫（Tuzenbach），在一场决斗中中弹身亡；所有的士兵，包括韦尔希宁船长都将要离开；而他们的弟媳娜塔莎（Natasha）宣布房子外那片他们最喜欢的樱桃林将会被伐倒来给新房子腾地方。在发现图岑巴赫死掉后，三姐妹被甩给了那个退休军医切布狄金（Chebutykin）。她们听着即将离开的士兵的军歌。

玛莎：听！他们在奏乐！他们要离开我们了，他们中的一个已经离开我们了，而且是永远地离开了，我们又被遗弃在这里独自过我们的日子。我们必须坚持活下去……我们必须坚持活下去……

伊莉娜：（将她的头靠在奥尔加的胸脯上）这天总会来

的，然后每个人都会知道它的意义，为什么世上有这么多苦难，最终不会有任何解不开的谜团，但是同时，我们必须坚持活下去……我们必须工作，我们必须工作！明天我将独自离开，我会去一所学校当老师，然后将我的全部生命奉献给那些可能需要它的人们。现在已经是秋天了，不久就会是冬天，天会开始下雪，但我仍会工作，我将继续工作下去……

奥尔加：（拥抱着两个姐妹）外面的音乐如此振奋人心，它充满了人们想要活下去的激昂斗志。哦，上帝，哦，上帝！那天总会来到，到了那天，我们都将永远离开这个世界，我们的音容笑貌，甚至我们曾经有多少人在这里生活都会被人们遗忘。但是我们蒙受的苦难将会被转化成后人的幸福，和平和满足将充满这个世界，然后他们会铭记并赞扬现在活着的人。我最亲爱最亲爱的姐妹们，我们的生命还远没有完结。我们将继续活下去。那音乐是如此的欢快和振奋人心，好像能让我们一瞬间明白我们为什么活着，我们为什么要遭受这种种苦难……要是我们知道该多好！要是我们知道该多好啊！

（音乐声渐小；古力金（Kulygin）愉快地微笑着，玛莎的帽子和围巾；安德烈（Andrey）推着载着波比克（Bobik）的婴儿车出去了）

切布狄金：（小声唱）它－啦－啦布－得－布，我坐在一块石头上……（读一张纸）没关系！没关系！

奥尔加：要是我们知道该多好！要是我们知道该多好！[1]

幕布

尽管姐妹们改变她们现状的希望渐渐消逝，她们仍决心像一贯的那样继续活下去。这是她们唯一能确定的事。然而，随着外面的音乐逐渐消失，奥尔加只能为将来日子的盲目而感到痛惜；为了不能保证有回报的事而劳苦。所有事都变了，所有事也都没变，过去仍遥不可及，未来没有任何希望。这幕剧本写的是先燃起希望再击碎希望。结局是使姐妹中的至少一人——奥尔加，屈服于现实。

卡瑞·丘吉尔（Caryl Churchill）的《在远方》（Far away）中，一个年轻的女孩和她的阿姨一起住，她因为目睹了一些家里发生的恐怖的事而难以入睡。年轻女孩看见她姨夫用铁棒打人就去质问她的阿姨。那天，这个叫琼（Joan）的年轻女孩下床后爬上了院子里的一棵树，目睹了她姨夫将一个人绑在了小棚子里，棚子里还有一群满脸是血的孩子。她阿姨最初不承认这件事，说琼看见了她不该看的东西，但她最终承认了她姨夫打的那些人中的一人被人发现是个叛徒，现在全家都站在正义的一方与叛徒们斗争。“你是使世界变得更好的这个大运动的一部分”，阿姨对琼说。所以这第一幕所发生的事是我

1 安东·契诃夫《三姐妹》，由G..R. 莱杰翻译，1998年G..R. 莱杰注册版权。请查看http://www.oxquarry.co.uk/threesis.htm。

们本不能认同的，但是从一个更大角度来说，我们又可以认同，而我们所认同的这些事又是充满暴力的，预示着一个更坏的未来。这第一幕的情节让我想起了当年发生在天门广场前的事。那时的空气中若隐若现地弥漫着“不祥之兆”。

剧本的结局是多年之后，全世界都在打仗，一队被铐着的囚犯行进在去刑场的路上，琼回到了她阿姨家然后给她阿姨讲旅途上的经历。

琼：路上尸横遍野，如果你停下来观察那些尸体，你会发现有的人是因咖啡而死，有的人是被大头针扎死的，他们被海洛因、汽油、链锯、头发定型剂、漂白剂、毛地黄夺去生命。烟味弥漫在我们烧草的地方，那些草很不容易点着……河上游有一个营的智利兵，但他们没看见我，河下游又有14头黑白相间的奶牛在河边饮水，所以我知道我只能径直渡过河去。但我当时并不知道这河的心思，它可能帮我游到对岸，也可能淹死我。河中间的水流得急多了，水还是棕色的，我不知道这是否意味着什么。我在河岸上站了很久。但我知道那是我回这里唯一的一条路，所以最后我将一只脚迈进了水里。水非常冷，不过除了这点还没有其他困难出现。当你真的迈出第一步后，你并不知道接下来会发生什么事。水从各个方向涌来拍着你的小腿。[1]

1 卡里尔·丘吉尔《远方》（伦敦：尼克·赫尔图书公司，2000年版）第36-37页。

剧本始于一个濒临扭曲边缘的的世界，终于一个完全失控且没有任何好转希望的世界。人们只能指望着一些最无关紧要的物理事实活下去。

丘吉尔在剧本的一开始就在提醒我们，从有人把人推进小棚子开始就提醒我们，通过帽子的游行——由一队衣衫褴褛的、遍体鳞伤的、被锁链铐着的囚犯们行进在去刑场的路上引出这个事实：那就是我们都丧失了人性。丘吉尔让我们变成了那个见证灾难的小女孩，向我们展示了小女孩用以面对逆境的纯真和力量。在剧本开头，琼待在哈珀（Harper）阿姨家，难以入睡。在剧本的结尾，哈珀警告琼，“你不能待在这里，他们会来抓你的，他们会来抓你的”。琼试图经过那条“老鼠从他们的嘴和耳朵里钻进钻出”的遍地尸体的路通过山区逃跑。我们并不知道她能从这个世界逃离多远。

山姆·谢泼德（Sam Shepard）的《饥饿阶级的诅咒》（Curse of the Starving Class）讲述了一个加利福尼亚乡下家庭的故事。这家人不是真的承受着身体上的饥饿，而是苦于缺少身份认知和自我，不知道自己的根源，认不清自己的社会地位。剧本描写的是一段寻找自尊的征程，背景设定在宇宙中一个更宏大的所在。没人明白怎么做，但是家庭的一员，卫斯理（Wesley），发觉他唯一的选择就是放弃他的梦想然后墨守成规。这个家庭正为将他们都联结在一起的纽带所撕裂，那就是：逃离他们下层中产阶级生活的渴望。他们想过更好的生活，但他们不知道去哪里找、如何做。他们总有一种无法弥补的空虚感。舞台上他们的冰箱正是被用来象征这种空虚感，他们不断地打开冰箱，盯着里面，然后找不到他们想要的东西，最后猛地甩上冰箱门。艾拉（Ella）对卫斯理说，“你怎么总饿呢？我们不穷啊。我们虽然不富但我们也不穷啊。”卫斯理回答说，“那我们到底算什么？”这幕剧本写的就是这家人试图解答这个问题。艾拉保证他们不久就能发笔财，然后他们的生活就会有改观。他们的探究和《日光下的葡萄干》或契诃夫《三姐妹》里的年轻人们没什么不同。

剧中，他们的爸爸韦斯顿（Weston）不停地借钱去买一些他买不起的东西：荒原中的土地、酒和几辆车。他的妻子艾拉威胁他说要卖了他们的房子然后去欧洲。他们的女儿艾玛（Emma）则声称要带走那匹马然后逃到墨西哥。只有他们的儿子卫斯理一直与这家人的自毁行为抗争。然而在剧的末尾，他也失去了希望，穿上了他爸爸丢弃的脏衣服。同时，艾拉昏倒在餐桌上，韦斯顿很可能是为了躲债离家出走了。艾玛拿着车钥匙走向妈妈的车准备开启自己的旅程。艾拉醒来尖叫看着她女儿驱车离开。突然，房子墙外发生了爆炸。追债人爱默生（Emerson）和斯莱特（Slater）已经到了。他们闯进屋里，咯咯地笑着，卫斯理问他们什么爆炸了，他们说“一些还没付钱的东西。一些过期未付的东西。”他们炸了汽车，爱默生说，“看，这就是你们欠钱不还的代价。”[1]

剧的最后的景象是一只鹰和一只猫僵持在一场谁都赢不了的战斗里。这是韦斯顿早就引出的一个故事的结尾，韦斯顿拿羊的睾丸喂一只飞向高空的鹰。艾拉和卫斯理一动不动地站着望着相反的方向。艾拉接着她的丈夫完成了这个故事。

艾拉：它们像疯了一样在天上打得不可开交。猫豁开了鹰的胸膛，鹰试图把猫扔下来，但那猫紧紧纠缠因为它知道掉下去它就得死。

卫斯理：鹰在半空中被开膛破肚。鹰试图从猫的纠缠中挣脱出来，但猫就是不撒手。

艾拉：它们就要摔下来了。他俩一起摔向地面。就像本是一体一样。[2]

鹰和猫的相互纠缠代表着这个被诅咒的家庭。他们不停挣扎，结果导致了爸爸的离家出走和女儿的死亡。只剩下妈妈和儿子见证那个灾难，鹰和猫也作为同被诅咒的一部分，但它们之间并没有真正的联系。

1　山姆·谢泼德《七部戏剧》（纽约：班塔姆，1981 版）。《饥饿阶级的诅咒（Curse of the Starving Class）》，1976 年版权属于山姆·谢泼德，第 198 页。

2　山姆·谢泼德《七部戏剧》（纽约：班塔姆，1981 版）。《饥饿阶级的诅咒（Curse of the Starving Class）》，1976 年版权属于山姆·谢泼德，第 200 页。

我们已经看过各种各样让人印象深刻的结局，但我们无从知道剧作者是通过何种过程写出这种结局的。我建议去读能找到的剧作家的信和自传，以深刻了解他们的手法和目的。我特别推荐《工作中的剧作家》（Playwrights at Work）[1]和《彩排中的剧作家》（Playwrights in Rehearsal）。[2]同时，我可以说一些我自己的剧本和我编写结尾的步骤。

在我的独幕剧《贝尔港之桥》（The Bridge at Belharbour）中，一个打扮土气的寡妇瓦莱丽·马里诺（Valerie Marino）起着类似死神的作用。她叫了一个水管工汤姆·费伊（Tom Fahey）来到她可以俯视大西洋的家，帮她疏通堵了的排水管。这个女人和水管工之间存在着明显的阶级差异，她也急切地不顾一切地要挑明这个差距，甚至不惜因此而攻击水管工的自尊。在这个长达一个小时的独幕剧中，她成功地抽丝剥茧，发现了水管工的所有弱点。剧中提出的所有事实都是有条件的、有疑问的，被人们视线之外的力量所左右。

在剧的中间部分，瓦莱丽和汤姆调情：

瓦莱丽：你一直盯着我看，不是吗？就一直拿你的余光瞟我。别害怕嘛。

1　编辑乔治·普利普顿《剧作家在工作》，“约翰·格尔”（纽约：巴黎回顾与现代图书馆，2000 年版）。

2　苏珊·莱兹勒·科尔《排练中的剧作家：公司的诱惑》（纽约：劳特利奇出版社，2001 年版）。

汤姆：我没有。

但不久之后，当汤姆终于屈服于她对他明显的挑逗动作，去用电影明星一样的姿势吻她时（这是他能摆出的最好看的动作了），她满脸厌恶地躲开了。这是汤姆最终结局的开始。瓦莱丽，从一开始就谋划着要毁掉这个陌生人，作为一种对她自己遭受的苦难的错位的报复。

汤姆：你把我当什么了？那些你可以像摆脱苍蝇一样抛弃的蠢货？你不能这样愚弄人。我本来不会那么做的……是你勾引我的。

瓦莱丽：我可没勾引过你……哎呀，你回家吧，你为什么不回家呢，回家去陪你老婆和七个丑孩子，还有你家的地上住宅游泳池，还有你没钱修的牙都能从里面掉出来的嘴里的大洞。我都看见了。你张嘴的时候我都看见了。[1]

然而这仅仅是无情攻击的开始。剧的末尾，瓦莱丽成功地摧毁了汤姆仅有的小小的自尊心，结局暗示汤姆计划在回家的路上自杀。（起先我并没想设计这个结局而是在写剧本的时候逐步发展出来的）这场自杀——从贝尔港大桥跳下去，反映了瓦莱丽对这座桥相同的幻想，某天她也将愿意像鸟一样从桥上

1　珍妮特·内普瑞斯《贝尔港之桥》(The Bridge at Belharbour)，珍妮特·内普瑞斯 1975 年注册版权，第 35 页。

纵身而下。

瓦莱丽：风吹得叶子沙沙作响。

汤姆：要降温了。

瓦莱丽：外面已经下雨了。也许你应该走了，趁着暴风雨还不是太大。

汤姆：是啊，我该走了。

瓦莱丽：也许你不应该走濒海那条路。

汤姆：是啊。我真的很累了。

瓦莱丽：也许你应该走那条新的高速公路。

汤姆：经过你一直提起的那座桥。

瓦莱丽：什么桥？

汤姆：就是你说他们专门为你建的那座桥。

瓦莱丽：为我？

汤姆：你说的……

瓦莱丽：你只是听到了你想听到的东西，费伊先生。

汤姆：不是啊。你说过贝尔哈勃那座桥在等着……

（瓦莱丽耸了耸肩）[1]

汤姆：好吧，我想我得走了。对不起，我没能帮你弄通排水管。

瓦莱丽：我会找别人的。

1 珍妮特•内普瑞斯《贝尔港之桥》(The Bridge at Belharbour)，珍妮特•内普瑞斯 1975 年注册版权，第 38 页。

然后他留下了本来是买给他老婆当作生日礼物的猫眼石，瓦莱丽一直说猫眼石是不祥的象征。

瓦莱丽：别忘了拿你的猫眼石。

汤姆：你留着吧。我不想要了。

瓦莱丽：你确定？

汤姆：我确定……再见吧……祝你好运。

瓦莱丽：我已经用尽了我的好运。

汤姆：可我不这么想。再见，马里诺夫人。

（汤姆出门了）

瓦莱丽：对不起，但每个人都不得不活下去。这个星球多么拥挤啊。[1]

这时，汤姆离开后，她冷冰冰地拿出了装着猫眼石的包裹，拆了包，然后戴上了猫眼石项链。瓦莱丽与海达·嘉布乐（Hedda Gabler）不相上下。《贝尔港之桥》的结尾中我最喜欢的一点就是台词之外飘荡着的死亡的寂静。它潜伏在字里行间。我能记起的写这剧本全部的记忆就是那绝对的平静和向结尾缓慢地、稳定地行进的节奏。我在那一刻掌握了全部。

在写最近的一部剧本——《马赛之后》的结局时，我先重读我目前为止写完的东西，然后再回顾以前在剧本上做的所有

1 同上，第 38 页。

笔记。这些笔记都是从奥尼尔戏剧中心、纽约初阶的读物里精选出来的，还包括一些同事们和观众们的阅读材料和我自己的一些评论和说明。

《马赛之后》始于千禧年前夜。回顾历史，对我来讲，人类历史好像越来越以随机出现的暴力行为为特点，同时还有一些不那么随机出现的特点，比如：贪婪、野心，还有对环境和大众信任的侵蚀。我们正向一个没有道德支柱的世界堕落。我们关注的焦点已经变成了敛财和权力，就像一列逃亡的列车，头也不回地驶向灾难。

我想，如果我们被迫在自己和自然或两者合力造成的灾难下苟延残喘，我们将如何重新创造一个新世界？

《马赛之后》的剧情在一个被自然灾难摧毁的世界中拉开帷幕。这正是如我们所知的文明的终结。五个人物——山姆、达科塔（Dakota）、佐伊（Zoe）、齐普（Chip）和撒萨夫人（Madame Zaza）——被吹上了马赛的礁石滩，很像奥德修斯被逼上一个陌生岛屿的滩涂。面对来自政府的恐吓，人们在撒萨夫人——一个巴黎本地人和服装设计师的带领下试图重建这个世界。

因为我们通过写作去发掘我们要写什么，所以直到我们完成了整部作品的四分之三或至少通常是第二稿时，我们才能开始全面理解我们正在写的这部作品的复杂性和想通过它提出的问题。此外，如果我们已经完成了任务，为剧中的每一个人物都构想出了他们的情节，制定出了故事背景，甚至包括人物们的出场时间，一些人物仍可能将故事引向一个我们不可能在任何大纲里构想出来的方向。这你不得不信。如果你倾听你的人物，他们会告诉你他们最深层的渴望是什么，然后你会开始懂得他们试图从剧本中获得什么，又有什么阻碍着他们的自我实现。

以下几点就是从我写《马赛之后》前四稿时几百页的笔记中摘录出来的。它们是我写结尾时参考的主要意见。因为撒萨夫人是剧中主角，所以我主要着眼于她的旅程。我在我的笔记和她的剧本台词中寻找线索。

■ **撒萨竭尽所能使自己活下去……想法应对她逐渐衰弱的生命。**

■ **撒萨在剧中每时每刻最真实的情绪是什么？**

■ **撒萨在剧末意识到她注定难逃一死。**

■ **要阻止死亡逐渐靠近的脚步，人就得寻找当下的意义。**

■ **悲剧展现给我们人类最好和最坏的一面。**

■ **如何在没有死亡和其他原因威胁的年纪有勇气去过你自己的生活。**

■ **在这个不理智的宇宙中是否存在着理智？**

■ **让撒萨在某个举动中揭露她自己。**

■ **在赎罪日来临的那天，谁会在那年死和谁会活下去都被写进了圣经。撒萨看见她的名字被写进了圣经里。**

■ **回美国要有很长的路要走。许多美国人曾经以为他们想要欧洲式的世故，但现在他们想要回他们自己的生活圈和传**

统。

■ 让每个人的渴望变得真实，这样他们的失望就能真实。

■ 只要其他人物留下，撒萨就总有一个目的。

■ 我们怎么从毁灭坚持到可能性出现？

■ 本世纪是人类历史中最血腥的一个世纪。[1]

■ 一个小小的爱的举动挽救了剧中的人物们。

■ 伤感是人类精神对痛苦和升华的承认。

■ 撒萨到底是个傻瓜还是个先知？

■ 正是撒萨的求生欲望和即使面临绝望也要活下去的决心推动着情节的发展。

■ 我关心即将展现在我眼前的未来并且主动前去迎接它的到来。

■ 当人类在阳光下建造家园时，他们总往积极的方面考虑。

■ 要克服我们的绝望感，将我们的愤怒和痛苦引向“建设性的成果”。[2]

■ 赌注就是角色们要赢得或输掉的东西。

■ 是什么粉碎了撒萨的精神？当她被发现撒谎的时候？当她意识到她不得不放大家走只能独自面对死亡的时候？

1　摘自《纽约时报》一篇社论，作者詹姆士·雷斯顿（James Reston），1982年5月30日。

2　摘自《纽约时报》社论：《背叛人性》（Betraying Humanity），鲍勃·赫伯特（Bob Herbert），2002年10月。

■ 撒萨想要什么？坚持她的生命精神，永不放弃？掌握控制权？

■ 我爱撒萨的一点——她有过她自己生活的勇气。她是个颂扬者。她不想死，所以她不愿放手……但她却无力阻止时间的浪潮。

在我写某一稿接近结尾的时候，在桌前俯视着大海，我强烈地感受到撒萨正试图阻止海潮流动，阻止那不可避免的潮水的流动。正是这种强烈的牵引力和画面感最终给了我这部剧本的结局，也让我写出了上面那条关于浪潮的笔记。

写《马赛之后》和撒萨的这一刻让我真正地发现了我们只有通过写作才能知道我们在写什么这个事实。剧本的某些部分本来是构思自《纽约时报》那篇“本世纪是人类历史上最血腥的一个世纪”的文章。1982 年的那篇社论，我直到 2000 年才愿意重读它然后开始创作剧本。我最近去过马赛，发现它是一种世界的十字路口般的存在。这让我想到如果世界真有毁灭的一天，这里应该是毁灭开始的地方，在法国的尖端，在欧洲与非洲连接之处。那时我竟然不住这！

作为剧作家的老师，我知道，一开始我们需要一个大纲；但是说实话，我从来没完整地按照一个大纲写过东西，就因为我们前面提到的那个原因——我们写作以发现主题。此外，如果剧本有深度的话，剧中人物会在某一点接管剧作家的工作，然后直接把我们引向他们的渴求。我一直要求有一个大纲，但我知道人们肯定不会完全按着大纲写。大纲是一个指导你开始的蓝图，让你明白你将向哪个方向写。

所以我在开始写《马赛之后》时想的是这是一部关于大灾难之后一群人如何重建的剧本。我知道撒萨夫人——那个领导者听命于巴黎，但只有我继续写下去时我才意识到，她有一个更大的秘密：她编造了一个虚构的巴黎政府，并即兴编出了所有的规则。撒萨正创造秩序来避免混乱。

撒萨试图阻止海潮的画面是令人振奋的时刻之一，这些时刻使剧作家感受到了绝对的喜悦。你瞧，我们的工作是要解决问题，然后答案就出现在了大金盘上近在眼前。我完全理解这个隐喻。撒萨想要继续活下去，阻止她的死亡。这源自于她对生命的热爱。我承认这或多或少在潜意识里也是我自己的情感。我现已年过半百，我不知道我是如何长到这个岁数的，但我希望能停止老化！如果我能阻止时间的大潮就好了。这就是撒萨保留到我写二稿时她的那个秘密。我想到这个点子时正在奥尼尔喜剧中心，坐在我的桌前向外看着大西洋的潮水进进退退。

以下是《马赛之后》的最后几页：

（山姆拎着两件行李进了屋）

山姆：他们找到了！他们找到你的行李了。它今早到的。

（鸟的叫声，低沉的，刺耳的，喧吵的，迫切的，就像四轮马车的轮子压过砖块的声音）

佐伊：那是什么声？

山姆：乌鹃。它有着低沉而哀伤的声音，就像“呜喽”……你听。

（重复的鸟叫）

它警告其他动物危险来临。它能在看见危险之前就先闻出来。在南方的灌木丛中，它警告小动物有肉食动物出现，像猎豹和狮子之类的。这就是它的叫声。我知道的。

（撒萨从桌子旁起身，回到了她正在建造的那个商店，又多钉上几块板子。鸟一直叫着。天暗了下来。）

山姆：有什么东西要从桥上过来了，从南面来，和暴风雨一起。很远，但是你能听到……成群的土狼、狮子、象群、水牛，还有犀牛。

达科塔：你怎么知道的？

（在接下来的谈话中，天开始下雨，先是打雷，然后越下越大）

山姆：我奶奶教给我关于鸟类和动物的知识；她教我聆听。她相信所有动物都很神圣。乌鹃在警告最小的动物们、幼崽们和黑斑羚们猎豹正独自接近中。猎豹是所有动物中最圣洁的、最凶猛的也最难接近的动物。它们大概从克鲁格或塞伦盖蒂草原来，甚至从好望角那么远来。我从来都不确定我听到了什么，但我能感觉得到。我们该走了。是时候离开了。

齐普：去哪？

撒萨：你们可以尝试向西步行穿越比利牛斯山，或向北翻过阿尔卑斯山。走吧。快点！

达科塔：那来吧，我们动身吧，撒萨。

撒萨：我不和你们一起走。

达科塔：你是什么意思？

撒萨：我不走。我要建完我的商店。我一心想建完它。

（他们都戳在那里。）

走吧！走啊！给我出去！不要可怜我。我过上了我想过的生活。

（他们仍旧戳在那。雨继续下着。动物们的声响更近了。）

动身吧。快走！一，二，三，一，二，三……

你也是，山姆。

（他们开始离去，但是向着可能连接着非洲的那座桥的相反方向走。他们留下了找到的行李。然后他们停下了，犹豫着，回头望了撒萨一会儿。）

撒萨：在西班牙，你们知道，树上结着橙子。

山姆（对撒萨说）：你平安到家后要让我们知道。

撒萨：我会的。谁知道呢？马赛之后？可能有些更好的东西呢……或者只是一些东西。

（他们离开了，消失在视线外，就好像走进了光中，把撒萨独自一人留在台上，盯着她的新商店。风停了。雨住了。鸟叫了。）[1]

结局

---

1 珍妮特·内普瑞斯《马赛之后》（After Marseilles），珍妮特·内普瑞斯 2005 年注册版权，第 86-88 页。

重读剧本结尾，《贝尔港之桥》—— 一个早期剧本，和《马赛之后》—— 一个较晚的剧本，发现它们都以天气为结尾，这很有趣。至今，我还想不出我写过其他的以天气为结尾的剧本。然而，两个剧本还共有一个元素：它们都反映了其中一个人物的可能的死亡。它通过酝酿中的暴风雨的节奏和随之而来的剧本末尾的寂静所表现。

最后的场景名为“最后的晚餐“，发生在一个庆祝晚宴上，预示着一段长期饥荒的结束，除了所有的食物都被偷了。撒萨夫人在晚宴之前一直都在建造一个服装店以取代她在巴黎那间考究的店。作为剧本的一部分，这也有一座谣传可以通到非洲的桥。除了撒萨夫人，其他四人都来自美国，或者曾属于美国的哪个地方，一旦他们决定了要走，其实很难有机会到达任何一个地方。但他们打算尝试。撒萨夫人不愿和他们一起走，最终他们不情愿地离开她的这个事实很让人惊讶。

我是如何得出这个选择的呢？我最先想到动物们从非洲成双成对地从桥上到来的这个景象。它的象征意义很明显是来自《圣经》中的大洪水，预示着恐怖的时刻即将来临。但是这些动物们，不是进入了安全的方舟，而是狂怒着，伴着乌鹃哀伤的叫声，聚成了一股不祥的力量，来给匆忙的离去铺路。

这最终时刻到来的时候，我很清楚，撒萨会选择留下，准备好去面对她曾极力试图避免的死亡。同时，她最终会放其他人走，她明白要解脱，或者死去，就必须孤身一人。那时，我记起了一个常年饱受病痛折磨的朋友，她最后说，不要为她伤心，她已经过了她想要的生活。那是值得送朋友的一份礼物，对我来说那是一条共鸣、清晰、自尊和恩典的准则。我喜欢将它用在撒萨的身上，因为在剧情发展的过程中，她得出了一个同样的认识，拥有了她自己的灵魂。

此外，我记起了我在南非遇见的一位向导，他给我讲了他父亲如何教他识别动物叫声的含义，尤其是非洲鸟类叫声的意思。比如，当那位向导试图定位灌木丛中的猎豹时，他会抬头辨别那些鸟类飞行的轨迹和叫声的方向。他告诉我那些鸟能警示其他动物猎豹接近的方向和天气状况。传说这位向导是唯一一个总能定位隐蔽的、独居的猎豹和即将发生的暴风雨的人。

我说不出“在西班牙，你们知道，树上结着橙子”这句台词是从哪来的，但是我不想直接说出他们会经由西班牙回家。所以上面那句是使希望和树上的橙子连接在一起的一种方式。当山姆告诉撒萨她安全到家后要让他们知道时，他，当然，是在指某种来世。

使剧作家在写结尾时震惊的是，你一开始根本不可能料到会是这种结局。当你写到结尾时，你如此了解你的人物们和他们的旅程，他们，像所有好的角色一样，在替你写剧本。

以上是我所知道的一些关于如何写结尾的技巧。

这篇讲稿是讲给一群纽约大学提斯克艺术学院哥德堡戏剧

写作系的高级剧作家们听的，讲于2004年秋。为了收录进这本书而做了轻微的修订。

本章练习

1. 阅读田纳西·威廉姆斯（Tennessee Williams）的《玻璃动物园》（The Glass Menagerie），《欲望号街车》（A Streetcar Named Desire）和《热铁皮屋顶上的猫》（Cat on a Hot Tin roof），然后追溯三部剧本的主题，分析作者如何写出这些结局和这些结局达到了怎样的效果。

2. 同样的三部剧本，你能写出怎样的三个不同的结局，将如何改变剧本的含义？

3. 为一件你热爱的事作一首诗。然后取最后一行将它写成剧本的最后一个场景，背景故事依照你诗的其他部分设计。你能不能产生写一部新剧本的点子？

8

改写

纽约大学提斯克艺术学院哥德堡戏剧写作系成立之初，它只是被叫作戏剧写作计划。通常，我会叫它戏剧改写计划。写剧本仅写一稿是很难让人接受的，很多情节还不够完善。为了应对一系列剧本改写的要求，我认为最好能以公式化的步骤去完成这个任务，如此一来你就有了业已决定的可遵循的步骤而不会被吓倒。改写剧本时，我列出了一些想要解决的问题，一次解决一个。例如，如果我想让某个角色的声音更低沉，我会把脚本从头到尾修改一遍。如果我在编写情节上遇到了困难，我会重新安排情节，这样它就能前后连贯。不要试图一次解决所有问题，列出问题，一次克服一个。

为了给所有剧本的改写创造一个可亲身实践的大纲，我做了如下三件事：

1. 列出改写过程中可能要解决的问题。
2. 就改写步骤对小说家、散文家、剧作家和诗人进行采访。
3. 编辑剧作家手稿的改写范例。

改写中的常见问题和建议

加强一个角色的声音：

建议：如果你还没有找到你角色的声音（你会找到的，因为所有角色的台词都是可归类的而不是个人化的），那么就问你的角色一个关于他童年或母亲的核心问题，然后用他的口吻来作答。通过这个方法，你绝对会找到这个角色的声音，让你诚实地从角色的角度塑造他，而不是从你作为一个剧作家的角度来写。

深入刻画人物性格：

建议：如果你发现你其中的一个角色缺少复杂性，不够立体，首先，你要在词典中查找“复杂的”这个词。牛津英语词典将之定义为“完整的，或一些不容易分析和解决的事物。”一个复杂的人物角色，他的性格中应该存在着许多矛盾点，这些矛盾点应该同时包括高尚的和癫狂的方面。

要创造一个更复杂的人物，我也会以他的口吻问他一个问题——这个问题一定要涉及他的道德标准。

情节不够波折，缺少足以引起戏剧性事件的矛盾冲突：

建议：阅读《圣经》、歌剧故事情节、日报或新闻周刊来获得关于情节复杂性的启迪。但底线是：复杂的情节一定要以人物角色的想法和他为实现目的能达到的程度为基础。所以，回去问你的主人公这个问题：“你到底想要什么？要得到它你会怎么做？”

编校：

你的剧本写得太多了，怎么知道的呢？首先，剧本每页都挤满了文字，几乎没有留白。其次，剧本中有一些情节，尽管写得很好也很真实，但它们没有加深剧情发展或塑造人物性格。

建议：逐句逐行对每篇台词仔细检查，看看可能漏掉了什么。如果有地方既与前后剧情不搭，也未突出角色的性格特征，那它就是多余的。

如果剧本只有对话（不管多么有趣），或是原地踏步，停滞不前，都得找地方在保留原意的基础上，做大幅度删减。改写的过程中，你得狠下心来删掉你的心爱之作。

接下来，仔细检查每一篇长台词，看看它们是否是剧本里发生的，还是你这个编剧在慷慨陈词。然后再找找台词里还能减掉哪些句子和话语，让它变得更精辟简洁。

结束了第一轮改写后，从头再来一遍。在讨论与预演的过程中，改写也要持续进行，直到你能做到最大化的紧凑、简洁。只要是我看过的剧本，或是在研讨会和预演中遇到的剧本，我都要做一定的删减和改进。

情感缺失：

有时，我们没有写多，而是写少了，一两行就写完了一个大的发现和突转。通常情况下，我们需要更多的文字来推进高潮。这不是数学，因此没人能告诉你要写多少；这更像是一篇乐章或一首诗歌，时间到了你就知道了。

建议：为角色进行即兴创作，通常情况下就能找到答案。我在课上用过这种方法：那时有一个编剧在角色的情感深化方面碰到了难题，我们就现场即兴创作，两三个人相互交流，直到找到办法。

声音的个性化：

有时，我们的剧本里有两个不同角色说着同样的话，这时你就得重新写人物的生平了。

建议：首先，重复的话应该是给哪个角色；其次，整理一组新的有关人物生活的问题来问另一个角色，问一些主要的问题，然后改写该角色的每一句台词。尤其要注意，每篇台词都要呈现出角色生理与心理上的复杂性，只有这样角色才能得到全新演绎。但得小心，这可能会改变剧情，但这无疑会使得剧本更加真实。

思路不清：

换句话来说，没人知道剧本在讲什么，或是知道得太晚。

建议：回到剧本的主要冲突，问问自己，为什么想写这部戏？它主要讲什么？既然你已经确定了你的中心，那就重新提笔，确保观众能在开场五分钟就搞清楚主要问题。如果观众不能明白，那你就将失去他们。编剧通常都很清楚剧本的主题，但无法迅速交代清楚，他们大多不清晰点出，而是略着笔墨。如果主角想烤出芝加哥最大的百吉面包圈（我的老师伊斯雷尔·霍洛维兹曾提过），在戏剧开场几分钟告诉观众。在玛莎·诺曼的《晚安，妈妈》中，我们从一开始就知道杰茜想要自杀，她把这个想法告诉了她的妈妈。该剧的戏剧张力在于观众们整晚都等着看杰茜是否真的会自杀。

场景顺序：

在线性结构的戏剧中，一幕场景完了紧接着就是下一幕场景。而在非线性结构的戏剧中，会有一群场景，在主题上相互联系。无论哪种结构，都有向前发展的势头。如果没有这种势头，你就得重新安排场景顺序，甚至是删减场景。

建议：在索引卡片上分别列出每一幕场景的情节，并给每幕场景注上一个题目，如“屈辱”、“失望无比”、“发现秘密”以及“喜悦之情”。把这些索引卡片按它们现在在剧中出现的顺序排好，摆在桌上或地面上。想一想：它们是否让矛盾不断升级，最终导致角色对抗？每个角色的情感构造是怎样的？怎样重新调整场景顺序才能使剧本更加戏剧化？

结局：不尽如人意

建议：参见第七章的结局部分。欧内斯特·海明威撰写《永别了，武器》最后一页时，来回写了 44 遍，才最终定稿。

谨记：一次只处理一个问题，有条不紊地改写。每解决一个问题，就在改写问题清单上把它划掉，确保每一个修正都是剧本不可或缺的一部分。

下面是许多著名作家给我的关于改写的建议，感谢他们的意见，现在我就把这些建议传给你们。

华盛顿大学教授创意写作的利兹·伯林纳这样说改写的过程：

有时我会碰到这样的学生：他交上来的原稿在整个班里处于中等水平，但在学期末经过修改之后，这部作品一下子就蹿到了前几名，这让我很惊讶，因为这部作品在修改之前一直很平庸。但那个学生做出了最真实的调整，也就是最强力的改写，通常这样的改写都是最严格的。

我问她"强力"指什么，她回答我：

强力是指学生进行了最大限度地编辑、削减、重塑，最重要的是，用全新的角度审视作品，而不是在原来的基础上修修补补。这个学生让我感到很兴奋，他让我明白改写对于写作的重要意义。我觉得这次经历也说明了一点，有时要重视放弃原来的想法，以构建更深刻更好的故事。

关于我自己的写作，我想讲三个强力、有趣的改写经历。第一个故事是《人寿与灾祸》，我用了七年时间完成创作，我把它定为我最近发表的故事小说集的标题故事。这个故事涉及了复杂的家庭动力学，我花了很长时间才弄懂，我一遍又一遍地删减补全、来回改动，寻找叙事流动，有时我觉得这就像是只身撼天，困难重重。

叙事流动是冲突逐渐显现的时候，故事的发展方向。它与突变的叙事线不同，突变的叙事线起起停停，妨碍情感弧的出现。不管出于什么原因，我花了好几年才完成修改。这个故事是我写过的最复杂的故事之一，故事里所有的家庭成员都在相互伤害，同时又相互受到伤害，因此，这个故事里没有英雄，也没有反派人物。相反，这是我写出的最现实的作品之一，它描绘了家庭矛盾的可能场景。

第二个例子是我最近完成修改的一部小说——《明天之后》。我完成了小说的初稿后，觉得读起来挺通顺，就把它带到了一个作家研讨会。研讨会的一个带头人说他认为我的作品有一个缺陷：小说的叙述清晰明了，作者对接下来的情节很清晰，但这就让故事变得容易预测，因为我给出了太多明显的信号。这一点说得很对，我也无法否认。研讨会之后，就因为这个评论，我拖了三四个月，我不知道该怎么处理这个问题，但又无法忽视它。突然有一天，我决定用全新的方式来展开这本书。我脑海中浮现出一幅画面：我面前捧着的陶瓷盘子就是这部小说，我松开手，盘子掉到地上碎裂开来。打碎盘子的过程中，我打开了思维的空间；然后，我把盘子捡起来，重新排列组合，而最终，这个新组合与故事的契合度更高。

第三个有趣的改写经历是关于一首长诗的。我在缅因州开始了这首诗的创作，我想把它分成六个部分，并让这六个部分与巴赫的六首长笛和钢琴奏鸣曲联系起来。我的首稿里有些部分成功了，但有些部分就没那么生动。我得把好几部分完全改写，然后还得在诗歌成形之前重新改组。最后，我觉得我写出的诗歌比我预期的要好，我达到了想要在诗歌中达到的目的，而且比我原先预想的更激情。这首诗题为《缅因度假期间关于巴赫六首长笛钢琴奏鸣曲的随想》，发表在*Hanging Loose* 文学杂志 2004 年春季刊。

这个过程让我知道作品要在谨遵作者意图与顺其自然中找到适合之路。

芭芭拉·格林伯格是波士顿的诗人，短篇小说家，也是儿童音乐片《杰瑞和思考机器》的合著者之一，她也教授创意写作，她给出了如下建议：

想要改写，首先要删掉那些虚假、引申或懒散的内容。在删减的过程中，用新颖内容来填充删掉的部分，还得有理有据。如果一切顺利的话，然后再进行改写。在此过程中，语言与技巧都可能遇到挑战。

雪莉·劳罗这样说改写：

关于改写，我想到了一句话，你们可能都听说过，还可能用过，我把这句话作为我的基准：‘写作就是改写。’我觉得我们整个写作生涯其实就写了一个故事，只是在反复修改而已。

理查德·沃尔特也表达了他的看法：

真正的写作就是改写。初稿仅仅是第一版本，只是在众多稿样中最先问世而已。我的学生大卫·凯普，以前在美国加州大学洛杉矶分校学习电影剧作，现在已经是最富裕的编剧之一了，他的每个剧本他都要修改不下17遍。他说，他取得巨大成功的最大原因是他能容忍外部的评论与建议。而作为他的老师，我想说，他的天分和勤奋也是他取得成功的原因。

改写从根本上来说与作者的态度有关。他得愿意考虑他人提出的建议，不用赞同，也不必完全采纳，仅仅是考虑。就算95%的建议都毫无用处，但为了充分利用这些建议中可能出现的有用部分，作者也要对它们全部进行考虑。积少成多，这样剧本能有很大提升。就我自己来说，我曾想制止经理或经纪人提一些蹩脚建议，好在我止住了这种冲动，而几天或几个月之后，当一切都尘埃落定，我也找到机会完全消化这些评论后，我发现自己已经把它们融进我的剧本了。作家们坐在电脑前，或面对着打格的黄色便bian qian纸，心里想着：“这次从头到尾都会是完美的。”当然，这从不可能。作家们也必须接受这一点：就算书已经出版，剧作已经上演，电影已经制作上映，他们还是要修改自己的作品。

在我最近的一次签售会上，我在那读自己的作品，结果一边读一遍改，我发现那本书还有好多工作没做，那时我完全忘了它已经出版了，正摆在商店畅销书的架子上。这说明了什么？正如滚石乐队的歌词：“Can’t get no satisfaction!”

伊丽莎白·迪格斯也表达了自己的看法：

“我完成自己的第一个剧本时，我觉得它很完美。紧接着，我就收到了玛格丽特·巴尔克给我的大量建议，她是一名出色的女演员，也是“群剧场”的创始成员之一。“亲爱的”，她说，“这个剧本有发展潜力，但需要大量改善。”我很惊讶，也有点生气，我可是为她量身定做了一个多姿多彩的角色啊！我花了几天时间消化这些话，然后重新读了剧本，开始工作。从那以后，我的每一部作品都要经历这个过程，至少会有两个稿样，通常更多。而现在，我对我的作品毫不留情，我也爱上了修改的过程。我喜欢初稿的完成，因为这意味着真正的工作即将开始。我欢迎各种建议，也喜欢做出改变。我爱上了自己的冷漠无情，抛弃角色、删掉场景、剪掉自己最喜欢的台词！我热爱烹饪，我常把剧本比作美味可口的酱汁，首先要有好的原料，然后还要把它浓缩成精华。我很高兴地说，我把自己的第一部作品改了好几遍才拿到长码头制作，玛格丽特·巴尔克扮演了我为她量身定做的角色，她以78岁的高龄在舞台上大受欢迎。而多亏了她的深刻见解和坦白诚恳，我的这部《亲密关系》现在仍旧活跃在舞台上。

苏珊·米勒出演了自己获奖剧本——《我的左胸》，她对改写的评价如下：

我得提醒一下：拒绝修改也不完全是件坏事。我们要相信自己的一时灵感，相信自己的规划，无拘无束。我就会有目的地让自己放松，随意玩弄各种想法。我认为，修改有两种，一种是冗长、勤勉的工作：审查句子，琢磨台词，给角色注入活力，句子重新排序，这些事我每天都在干。这种按部就班的工作是实实在在能看到的，它们必不可少，能够为剧本带来活力、智慧与力量。每天，为了保持一种全新的状态，我都要把整个文本读一遍。如果有地方呆板无趣、模糊不清或是不合适，我可是会毫不留情的。如果一直顺风顺水，突然遇到困境时，我会停下来直到完成，这是立足点。你不能采纳所有人的意见，包括你自己的疑惑。我是这样做的：我跳出这个剧本，展开它的框架，试着写与文本无关、剧本范围之外的新场景。我说，这又怎么样呢？我孤注一掷，然后发现哪儿出了问题。但这让我最难以忍受，晚上睡不好觉，白天醒着也在想这问题，我才知道，我得先把剧本里的问题解决了才行。我自己完全不知道能不能完成剧本的创作，对我来说，这根本就是一个变化着的难题。

海明威（Ernest Miller Hemingway）每天都会从头审视他的作品，做出修改，这在他的写作中至关重要。如果他要提笔写几章，他会先看看前面的两三章，然后再用合适的口吻继续写作。他最初的几稿都很混乱，纸上到处都是字，还有一些失败的开端。[1] 海明威简洁、严谨的风格让他的作品和他这个人看起来很单纯。他每次着眼于一点，并就这点进行清晰地阐释。但如果我们把所有的故事放在一起，所有的章节串起来，就会呈现出一幅错综复杂的画卷。不论是他这个人，还是他的作品，都不简单。“写作没有规范”，海明威 1953 年给查尔斯·普尔写到，“有时轻而易举就能写出完美之作，有时却如凿石般困难，充能之后才能炸开。”[2]《永别了，武器》当时在《斯克里布纳杂志》上连载，给了海明威六个月的时间来考虑结尾。他在结尾处留下了 44 页的空白不断修改，这对海明威这样一个一丝不苟、不断修改直至满意的人来说，都算是创纪录了。

---

1 玛丽·迈克劳林“欧内斯特·海明威与风格同义”出自：边缘杂志，2001 年 2 月期刊。请查阅：http://vergemag.com/0201/features/feat2.html。

2 玛丽·迈克劳林“欧内斯特·海明威与风格同义”出自：边缘杂志，2001 年 2 月期刊，第 58 页。

菲茨杰拉德给了海明威10页手写的对小说手稿的评论，而海明威回应他说“拍马屁”。[1]

奥古斯特·威尔逊的《便宜货》是他19世纪70年代的作品，在谈到其重回舞台时，他说：

马里昂·麦克林顿将执导这部剧，以前的布景和服装都不要了。我们可能会用同样的演员，但会重新开始，我也会对剧本进行改写，特别是贝克尔和布斯特之间的对手戏，我希望重新塑造布斯特这个角色。我在十八九年前写了这部剧，而现在我变得更加成熟了，我想，如果我重新构造这些角色，那他们可能会说出不同的话。[2]

《非洲美国人评论》2001年春季号中，伊丽莎白·J.赫德对《便宜货》进行了评论：

《便宜货》的修改激起了评论界的兴趣，各路评论家对威尔逊的改写策略大肆评论。评论员赫尔德说：“威尔逊对《便

1 玛丽·迈克劳林“欧内斯特·海明威与风格同义”出自：边缘杂志，2001年2月期刊，第59页。

2 克里斯多夫·罗森，“八月威尔森的情景”出自《匹兹堡邮报（The Pittsburgh Post-Gazette）》，1998年3月24日版。请查阅：http://www.post-gazette.com/magazine/19980324bwilson5.asp。

宜货》所做出的改变展示了一种新的剧本创作的方法，特别是改写的方法，1995年《七把吉他》在芝加哥古德曼剧院上演时他就采用了这样的方法。”这种“新方法”不是在预演之前进行改写，而是在预演开始之后，每天对剧本进行修改。如果威尔逊觉得有个场景需要修改或是加入独白，他就会回家，改写剧本，然后第二天把改好的剧本带到预演现场。就他的这种策略，我询问了威尔逊。

赫尔德：我看到报道说你为这部戏在尝试一种新的修改方法，你以后也会继续采用这种方法吗？

威尔逊：你是说现场写作？

赫尔德：是的，演员和导演的反馈中，创作新的剧本，第二天再把新剧本带到现场。

威尔逊：这种方法挺有效的。我不知道这是否算是一种新的改写方法，因为我通常都是对整个剧本进行改写，再进行预演，然后继续改写。但是当我排演《七把吉他》的时候，我没有进行改写。我是在排演过程中才进行的修改，但这似乎也能行，也不比其他方法差。我想，我还没意识到我已经做出了改变，但我肯定会继续像现在这样工作，我很享受排演的过程，也喜欢在排演过程中工作，所以，我会继续这样做的。

以前，我会把整个剧本改好了再带过来，当然，在排演过程中也会有些小的修改，但大部分工作都已经完成了，所以我就对它有点不理不睬，如果可以这样说的话。毕竟我已经改写完了，现在就只需对各种问题做一些小修补就可以草草了事。

但排演《七把吉他》的时候，我没有预先改写，到了排演现场才知道剧本需要改写。我就在排演过程中进行改写，这就由不得我不理不睬、草草了事了，我得待在现场干实事，这样的效果好像更好，因为我不是在凭空创作。演员就在现场，你可以让他们把自己的想法演出来，马上就能看到效果。如果你是在家进行改写，你就不能直接得到这样的回应，这就有点像是凭空创作。

赫尔德：现场创作和及时反馈还有其他的好处吗？

威尔逊：我想是有的。这是不一样的工作，因此你写的东西也不一样。如果我在家改写剧本，我想我写的东西跟在排演现场写的就不一样。这解释起来有点麻烦，如果说你被扔进了火里，你写的东西跟其他时候写的肯定不同。而这些不同是一天天累积起来的，比如说今天，星期二，我在排演现场想到了一个东西，今晚回去我就得把它改了，如果我下周才改，那我写出的东西又有所不同了。因此，你得选好时机，你可能只有一次机会。在排演过程中，我更加感到了时间的紧迫。我可以肯定的是，我写出了不一样的东西，我不知道是不是写得更好，但我很享受这个过程。[1]

安东·契诃夫这样写道：

1 请听伊丽莎白 J.，“八月威尔森戏剧写作：采访”来自《非裔美国人回顾》2001 年春季第 35 段录音。

我会在明天或是后天结束我的故事，但绝不是今天，因为它已经把我的脑力都用完了。由于我匆忙地写作，我丢掉了好多脑细胞。写出的作品也有点复杂。我有时会碰到困难，经常把前面写的撕碎，有时一连几天我都对自己的作品不满意，这就是我到现在都还没完成的原因。太糟糕了！我必须得改写！这完全就是一团糟，我不可能把它保留下来。天哪！如果公众对我的作品，跟我对正在读的其他人的作品一样不喜欢的话，那我可得多么蠢呀！我们的作品都蠢到家了。[1]

蒂娜·豪对改写的评论如下：

戏剧创作需要毅力、盲目的信仰与疯狂，它比其他任何东西都更需要精简，你得亲自动手去粗取精。这份工作凌乱而又喧嚣，你会尖叫，会哭泣，会使劲挠头。我在常年的工作中终于总结出了一个影像，来概括这一可怕的过程。

对于新剧本的想法就好比是一个巨大的湖泊，就像伊利湖那么大，但并不是填满了水，而是填满了橡胶黏合剂，闪闪发光，黏稠刺鼻。当你的想法开始精简，这个湖面也奇迹般地开始缩小，从湖泊到游泳场，最后再到小水塘，一下午就能绕一圈。随着你的角色越来越生动，你会发现自己在踢水塘的外缘，一直踢到你能俯下身子用手把它舀起来，在手中抚摸、舔舐、

1　来自安东·契诃夫的书信，1891 年 8 月 6 日。请查阅：http://etext.library.adelaide.edu.au/c/chekhov/anton/c51lt/chap70.html。

拨弄，然后把它放在心上！这时就说明你的剧本能产生效果了，你就可以开始写作了。它将会是你的最佳之作。

接着，真正的浓缩开始了。把那团黏糊脏乱的东西不断击打揉合，直到你能一只手拿住。随着剧本的成形，它的大小也不断变化，从理疗学家用的巨大塑料球那么大，逐渐变成篮球、排球、槌球、垒球、棒球、乒乓球、高尔夫球和弹珠，最后变到BB子弹那么小。当然，它在浓缩的同时也变得更硬了。当它变成高尔夫球大小时，它的密度和质量跟一大块铀相当，如果你从窗户把它扔到街上，那它会把附近整片房屋都轰成平地。

若你用了两年完成了无情浓缩，终于把它变成了BB子弹大小，你也得小心翼翼，用食指和大拇指来回搓捻的时候可得注意点，毕竟这还是橡胶黏合剂，一不小心就会消失得无影无踪了。我就碰到过这样的事，我已经把我的剧本打磨成沙粒大小，结果一下子就被吹跑了。而在这个阶段，你得慢慢地挪出书房，把你那浓缩好的剧本放在小盒子里，交给其他人读。

一旦你的剧本被剧院采纳，整个过程就要完全颠倒过来。你把闪闪发光的BB子弹交给演艺公司，他们会给每个演员准备一个副本，然后就开始释放仪式。演员们不断地揉捏子弹，这些子弹就变得越来越软，越来越大，过不了多久，地板上就铺满了橡胶黏合剂，它们战栗发抖，积水成塘。随着演员们将剧本演绎出来，水塘里开始起浪，我们突然就回到了最初的那个湖泊。这不再是我一个人的剧本，这是我们所有人的剧本，它如你见过的大海一般宽广、美丽。

就我自己来说，我花了五年时间来改写《马赛之后》，期间写写停停，总共改写了六遍。既然你们对这个本子有了一定的背景了解，我就说说我做的注解，以及每次改写前提出的问题。

改写一

- 开场关于“蓝色”的独白怎样引入主题?
- 读《蓝色》，参观博物馆，欣赏从文艺复兴时期到当代的以蓝色为基调的画作。这有什么意义?
- 确保角色有真实的欲望，这样他们才会有真实的失望。
- 这部剧是否在描写旧时期对美国的向往，宣扬我们能随时改变自己的理念?
- 撒萨夫人应该早点出场。
- 撒萨夫人想要什么?她说的是实话吗?
- 最后两场不错，我怎样才能到那儿呢?这是我想要的终点，但我还没到那儿去。
- 不要丢掉世俗的荒谬。
- 撒萨夫人介入的理由是什么?
- 为什么人们能够容忍自己被别人建造而毫不反抗?他们不相信自己的感觉吗?

改写二

■ 确保彩旗的不断变换会造成巨大危险。

■ 他们的真实情感是什么？别动脑。

■ 奇普没被成功塑造为一个神秘的人物。

■ 亟须社团，感觉一下吧！

■ 有没有他们摆脱掌控，像孩子一样行为的场景？

■ 他们肯定会犯错吗，还是跟这部剧毫不相关？

■ 这个本子的主要情节是什么？是逃离马赛吗？我觉得不是，而是另外某个地方，整部剧都与这个地方相连，但我还不知道怎么联系起来。

■ 确定每个角色的身份：佐伊是新闻记者，撒萨夫人是时装设计师，奇普是艺术家，达科塔是阿拉斯加的渔家妇女，山姆是爵士音乐家。

■ 我们得让佐伊和奇普相爱。

■ 什么能让撒萨的精神崩溃？

■ 分解剧本每一场的情节。

■ 情节的上升和高潮在哪儿？高潮得与撒萨夫人做的事有关。

改写三

■ 他们都必须陷入绝望，并相互争吵。

■ 撒萨想要什么？坚守她的心灵，还是永不言弃，还是掌权？那什么又能让她失去支配权？要记住：撒萨讨厌不确定的事。

■ 他们必须惧怕不遵守政府规则所带来的惩罚，危险必须是实实在在的。

■ 想要重建身体的欲望是正确的本能。

■ 我知道结局是毁灭，但怎么毁灭？怎么才能导致毁灭？

■ 山姆在桥的另一边到底看见了什么？

■ 撒萨有一个秘密，我还不知道那是什么，她瞒着所有人，甚至包括我这个作者。我会找出来的。

■ 剧本结尾部分，佐伊和奇普是不是找到了他们的皮箱，并把它留在了舞台上？这没用，他们最后寻找的这个东西一点用都没有，毫无意义。

■ 在没有道德和理性的世界里，至少撒萨还有追寻自己生活的勇气。撒萨是这部剧的关键。

■ 有没有像弗兰纳里·奥康纳的故事一样，有角色被特赦？

■ 记住！奖金是角色的必夺之物。

■ 冲突是防止角色得到想要的东西。

改写四

■ 撒萨关于巴黎政府的说辞是在撒谎，巴黎根本没有政府，她这样做是为了维持秩序，避免混乱。

■ 她是怎样被发现的呢？谁在什么时候发现的？她为什么要这样做？

■ 大家什么时候发现真相？他们肯定对背叛很愤怒。

■ 我一直听撒萨夫人说她一直在试图隐瞒海洋，隐瞒潮汐，这不是在阻止事件的前行吗？或许她是在延缓她自己的死亡，就如《萨马拉之约》。最后她放弃了，为什么呢？她精神崩溃了，又是为什么呢？有没有可能是因为她被发现了呢？其他人原谅她吗？如果有人为自己辩解，那他/她就能得到原谅。如果她道歉的话，我们可能会相信她，把大家都留在那儿她就能逃离死亡。你得自己独自死亡。或许撒萨发现，只要她能把所有人都留在马赛，就算是错误的原因，她也能延缓自己的衰老与死亡。

■ 生活的一部分是最终放手。

■ 最后的画面是撒萨一个人在舞台上。

改写五

■ 仔细检查整个剧本，毫不留情地删减，至少剪掉20页。

■ 最终，生活在这个星球上的人们要找出方法，就彼此间如何相处达成切实可行的协议。

■ 记住，每个角色都出去以寻自保了。

■ 当他们发现撒萨撒谎时，反应还不够。

■ 山姆肯定为自己相信赞同撒萨而感到恼怒，而其他人要责怪山姆组建社团。山姆还要为撒萨把他当作傀儡而愤怒，他应该来到撒萨面前。

■ 故事里的每个人都背叛了另一个人，但怎样实现呢?

■ 看看角色沉思冥想的地方，有没有把剧本放慢？千万别情感迸发，拜托了！

■ 在前几场中就把违规的危险切实展现出来。

■ 我们必须关心山姆，知道他想要什么。

■ 剧末对撒萨的同情。

■ 结尾的时候，我们听到桥上传来的动物吼叫声，它们来自非洲，这预示着一场巨大的自然灾害将结束这部剧。动物能听到人类听不到的声音，它们知道灾难就要来临，正在逃难，而人们希望撒萨跟他们一起，翻越阿尔卑斯，跨越西班牙，但撒萨拒绝了，并让他们留她一个人安安静静。

■ 最后一幕是撒萨背对着我们，苦心研究她正在建造的新女装店。我们知道这没用，但她仍然坚持。

改写六

■ 我们可以自由表现，但我们有责任忠于情节。

■ 把我们区别为人类的是我们的怜悯之心，失去怜悯就成了恶魔。

■ 他们必须意识到政府暗号泄露之后，没有规则时该如何做。

■ 在蓝调音乐中，人类的精神缓缓升空，回到本剧的最初动力——蓝色。

■ 撒萨阻止了死亡的到来，真正探求是寻找意义，见维克多·弗兰克尔的《活出意义来》。

■ 最后，撒萨意识到她注定会死亡，她迎来了她的转折。

■ 从某种意义上来说，这是梦中的世界，以闪电开场。

■ 有一幕挽回了爱意：其他所有人都原谅了撒萨，并希望她跟他们一起逃难，而她知道有人需要自己、爱自己让她最终决定放手。

剧本的初稿以关于“蓝色”的独白开场，我也不能说出为什么，但我知道我为什么要构建这样一个充斥着自然和人为灾害的世界，这是因为20世纪后半期盛行的暴力日趋严重。剧中开场丢行李的一幕是基于真实事件的，我曾经在马赛丢了个皮箱，我对马赛的印象就一直是世界的终点，和世界现行的十字路口。还有件有趣的事，2004年最后几天，成千上万的人在圣诞节期间飞来飞去，但计算机系统却崩溃了，新闻图片上机场满地都是丢失遗弃的行李。这部剧能预知未来吗？我可不这么想。相反，我认为是历史的某些时刻弥漫着相同的念想，而灾难就如货架上的罐装食品，等待着开启。

在这部剧的写作过程中，也包括几次研讨会时，剧本的中心发生了巨大的改变。这个剧本的改写过程就是通过写作来找到主题的最好例子。我修改了四遍才能发现撒萨在试图阻止自己的死亡。那时，角色自己告诉了我这个秘密，这可是惊天大揭秘。我记得我当时在想，“这就是整个剧本最终的答案”。这可真是激动人心，发现了这点之后，整部剧的中心一确立，写起来就容易多了。

至于改写的技术过程，我发现除了部分稿件的硬盘拷贝、光盘复制件外，保存所有稿件的复印件也很重要。这些记录的稿件代表了每部剧创作的历史，也提醒你改写的过程。专业作家明白：初稿仅仅意味着开始。

该讲稿首次于1987年5月在纽约大学蒂诗艺术学院发表，2005年2月经过修改又再次发表。本书收录时有所修订。

本章练习

1. 挑一本手头在写的剧本，要写完了初稿正准备写下一稿，列出你在下一稿中需要解决的问题，决定你将如何完成希望的转变；然后有条有序地通览全篇，划掉你完成了的转变。

2. 挑一本因为没效果而被弃置一旁的剧本，保证至少有六个月没碰过那个本子。用全新的视角来读这个本子，如果你仍然对这个本子热情昂扬，你改写时怎样能改善这部剧？

3. 挑一部你不知道哪个角色是主角的剧本。首先，把角色A作为主角简要概括整部剧，然后把角色B当作主角。渴求最强烈的角色最有可能启程追寻他想要的，哪一个角色更有可能开启戏剧化的旅程？

9

日记

啊——日记。我看书架的时候数了数，发现自己有 33 本日记。最新的一本是手工制作并带水印的蓝色白页笔记本。它是我上一个生日收到的礼物，据说是在华盛顿汤森港产的。放在它下面的是一本漂亮的棕色皮质厚条格本，由类似鞋带一样的绳子绑着，分页标志还是反光的。它叫“棕色的旅行者”，是一个学生送给我的。我第一次翻开还是一年前我收到它的时候，并且发现里面（是真的！）夹着一张五十美元的钞票。我觉得这不是那个努力的学生夹在里面的，而我也不记得自己曾经放过钱在里面，因为我身上从没有大额现金。我只能说这本还没写过的日记本是一个礼物，一个应该在上面记点什么的礼物。我应该带着它一起旅行，并用它来写我的下一个剧本。

因为这个发现，我搜遍了我的办公室，看了我书架上的每一本日记。有一本里面有莫奈的《阿让特伊的桥》，意大利手工制纸张，还有羽毛装饰，那是我在佛罗伦萨的一个市场里买的。它的开头是：

1993年10月13日。今天我出发去雅加达。我读了一本唐纳德·霍尔(Donald Hall)的书《毕生的事业》——这是本有关工作价值的书，当我们热爱工作时，它离我们的期待会有多近……在东京的那一晚比我想象的更愉快，假日酒店也非常奢华。我开了一晚上的CNN让它陪伴我，还叫了客房服务——点了炒蛋和茶……现在我在经由吉隆坡飞往雅加达的飞机上。使馆工作人员鲍勃·施密特(Bob Schmidt)会来机场接我。我看了会儿单词本……“Sampai jumpa lagi”，意思是“待会儿见。”

下一篇是一个月以后——“今天我要回……”当我看到这里的时候我才想起在雅加达没有时间写日记。学生、语言以及炎热都太让人吃力。所以，这本日记余下的部分都是在回家的路上写的。

所以这一切都是怎么来的？它就像是一个梦，有一些更像是噩梦。我期望的是什么？在异国努力工作？我得到了什么呢？在将近105华氏度的无法忍受的炎热中——上6个小时的课——在一个我去过的污染最严重且完全没有建筑风格的城市。交通混乱［人们出行都用手帕捂住口鼻以抵抗污染］，天空灰蒙蒙。如果雅加达是一个如它所说四面环水的群岛的话，在印度洋的地图上一定看不见它。当我说我想去看看海的时候，就有人警告过我什么都看不到。它环境污浊，到处都是垃圾。有一天有个学生带我去看海，哎呀，这都是真的。每个人都告诉了我，而不是说什么“你等着去巴厘岛吧”。不过，当然，我从没去过那儿。我作为教师的责任也不允许。在令人绝望的炎热下，我只能把要洗的衣服浸湿后放在头上继续上课。

然而，情况在一点点地好转。有几扇门正在向我打开。我的学生们，都有着长长的看上去念不出的名字，但当他们作为我的学生真实存在的时候，这些名字也变得容易起来。他们中的许多人是年轻的专家、大学生，被政府挑中来参加写作课程。最后一天我可以不看学生名册就能叫出他们所有人的名字——Ifu,Adi,Widi,Pandu,Gotok，还有Santiago。我也知道他们在写作中的优缺点。

因为印度尼西亚引进了很多美国的晨间电视剧（肥皂剧）和节目，比如《豪门恩怨》，里面的人物塑造得刻板而一成不变，所以我教学的重点就是人物的塑造。这些作家们都讲了非常精彩的故事，有着浓厚神秘色彩的丰富背景。他们都很有才华，有热情，有想法。总之，他们是雅加达给我的最大的礼物。

这本日记开始于雅加达，写于大约10年前，告诉了一个远比你想了解得更多的雅加达，但是它将这一切又带给了我，让我想起那些学生以及炎热。最后一篇是这样的：“也许我改变了这些年轻作家的生活和灵魂……美联航的飞机离开了东京机场飞往美国纽约，飞往我爱的每一个人——我的家。”

接下来我找到了一本叫《射击数据》的笔记本，是雅加达的一名学生送给我的。扉页写着：“我在雅加达的一个小商店买的这个本子。它是最后一本。”“这个本子让我想起我的校园时光。希望您能喜欢这个独特的本子，就像您喜欢创造独一无二的人物一样。希望它能让您想起雅加达。最诚挚的祝愿。肯德尔(Kendal)，雅加达。1993 年 10 月。”

是的。我记得你，肯德尔。我想知道你的情况。

另外一本日记里有一篇是关于一个梦，1990 年。“我想告诉妈妈发生的事情，卡罗林(Carolyn)搬到洛杉矶去了。但我做不到，因为妈妈已经不在了。”

还有一个蓝色带花的布质笔记本，里面只有一朵压制的花儿，有一个叫“Sumati”的人的电话号码以及一个标注：“没有人看的时候我很快乐。”还有一本是大学发的，里面写了一些我对于未来戏剧的想法……是从 1973 年到 1975 年，我在布兰迪斯念研究生的时候写的。其中有一篇是“我坐着看沙滩上的男孩儿女孩儿”。我发现这一段最终成了我的作品《贝尔港之桥》中的一个场景和对话，一半是真实一半是创作。还有这一段：“我好奇梦都从何而来——那些我从没见过的地方，但我一定曾经去过那儿，不然我怎么会知道那些地方呢？”

还有一个关于新剧目《好男人》的标注。这部剧讲述的是一个在外人眼中的好男人，在家却是人渣的故事。“我意识到这个人物是来源于生活。”然后我看到了和朋友野餐的一段：“我很渴，有人递来一箱香槟。直到它来了我才意识到自己渴了。”

每一本日记都让我回忆起自己之前的生活。它们都在书页里，在夹着的剪报里。“按精神病专家的说法，有 170 多种不同的情绪可以让你流泪。不是所有的眼泪都来自悲伤。我们因为喜悦、骄傲、感激、胜利以及狂热而流泪。”

另外一本，从 1991 年写起。1 月 22 日：

春季学期的第一天，海湾战争爆发。和系里的剧作家协会的战争似乎结束了。他们要创立一个“作家剧院”。

我记得这些剧作家们和学生们都去了剧院工作 ……

还有很多的日记，不能一一记录和通读。我拿起了我最不喜欢的那本，是一个作家同事送给我的，叫“作家的笔记本”，里面有作家的观点，有空白处可以写自己的话，封面是浅橙色带旋涡图案的。内页是空白没有画线的，每一页上都有一幅画和一句名人名言。这本日记本是他 1989 年送给我的。第一篇是这样的：“你不应该等待灵感。你只能追随它。”下一篇是：“上一周我们失去了一切。我丈夫弄丢了他的眼镜，我失去了婚礼上的乐队，人们都很不愉快 ……”然后从笔记本里掉出来——是的，这是真的——一只我遗失多年的金耳环——现在我不知道还找不找得到另外一只。所以你看，这就是日记的珍贵，我们的过去和未来，50 美元的钞票，遗失多年的耳环和可以再次体验的人生。

本章练习

为你接下来的三部剧准备一个独立的日记本。当你有第一个想法的时候就要坚持记下去。你在挖掘和创作剧本的时候也要坚持写。写下让你感觉最惊喜、最麻烦以及最快乐的瞬间。写下你是如何解决问题的。在同一本日记中，记录所有的阅读、讨论和完整的制作。之后你会发现这个记录如此完整，有一天它甚至可以变成一篇文章或者一本书！

10

剧作《小代表团》的形成：从北京到家

北京日记，1987年6月和1995年4月

一个剧作的冒险旅行

我们通常能在日记里发现剧作。接下来的部分是《小代表团》这个剧作产生的过程。它的起源还要追溯到我在中国教书的时候，最后它由中国青年艺术剧院制作在中国公演。第一部分日记是我1987年第一次去中国时写的。最初我并没有打算写这部剧，只是想记录旅途发生的事情。日记的第二部分是1995年4月在中国制作期间写的，那时候已经是那部剧创作完成4年之后，并已经在美国上演过。这些日记开始于北京，最后改编为戏剧回到北京，这就像是我们的人生和工作，一个影响另一个，如果我们抓住机会的话。如果世界为你打开了门，请说："好的。"

那是1987年夏天，我和一小部分美国作家和学者受邀去中国讲学。他们中有理查德·沃尔特(Richard Walter，电影编

剧和加州大学洛杉矶分校编剧主席）、布莱恩·亨德森（Brian Henderson，电影学者和纽约州立大学布法罗分校电影学教授）、安妮·卡普兰（Anne Kaplan，电影学者和纽约州立大学斯通尼布鲁克（Stonybrook）分校电影学教授。我们的学生是年轻的电影人，他们中的有些人成了中国“第五代”电影导演的成员，包括陈凯歌、西安电影厂厂长吴天明和张艺谋。那个夏天我和我的中文翻译成了好朋友。可是，就在最后的几天，发生了一件古怪的事情，也就是我的剧作《小代表团》的起因。

我很想帮助我的新朋友，于是送给了她一件礼物，可我并不知道那件礼物因为有政治上的错误以致给她大学教师和翻译的工作带来了危机。在写作剧本的过程中，我提出了下面的问题：如果一个心怀好意的美国人来到中国，打算做一些好事，也这么做了，却造成了悲剧会怎么样？

因为那个事件，如下面的日记中所记载的那样，我创作了《小代表团》。这部剧讲述的是一小群美国人在某个夏天来到中国，一位美国教授和她的中国翻译之间产生的友谊，中西方交流中的限制和可能。剧本中有五个中国人角色和三个白人角色。为了增加戏剧冲突，我把剧中的时间移到了1988年的夏天。剧中人物，就像大多数的戏剧一样，是现实中我认识的人的综合体，而故事也像所有的戏剧故事一样，基于一个真实发生的事件以“要是……怎么办”的问题为开端。

1992年《小代表团》在旧金山节日剧院安纳博格中心首

次公演。由苏珊·苏尔曼(Susan H. Schulman)执导，李名觉担任舞台设计，陈士争编舞，谭盾担任原创音乐制作。演员中有在美国戏剧界非常出色的亚裔演员[1]，也有个性女演员白冰。这是她去好莱坞发展之前的美国舞台首秀。戏剧制作由西海岸的加州帕罗奥图戏剧工作室完成。评论家说这是西方观念的统一，“看上去像是美国人自己做的”。我们为那位翻译的命运谴责中国体系的时候，“我们也谴责了美国，感同身受的我们自己，从某种意义上来说是一种干涉。”[2]

不去管那些精彩的评论，那部剧要在美国上演也是不容易的。每部剧都有自己的障碍，《小代表团》也不例外。首先，它的政治正确性就值得讨论。一个美国人怎么能如实地表现中国呢？但没有谁是非得生在中国才能理解压迫。然后，即使观点忠实于中国文化，一个白人来写合适吗？另外，去哪儿找那么多亚裔演员？中东的肯定不行。而一个亚洲戏剧公司只制作亚洲人自己的戏剧。

最后在1994年，消息传来，在士争的老朋友石伟金(音)

1　《小代表团》到百乐宫获得了洛克菲勒奖学金，这是一项NEA奖金，并首先由W. 安东·琼斯奖金资助创作。这部戏剧在1992年分别在哈罗德普林斯剧院，安娜博格中心和费城上演。并且，这部作品被当做了费城节日剧场的新剧制作出来了。演员及做出贡献的创作这们有：罗米／乔伊斯·琳恩·欧康纳、孙／弗莱达·弗·沈、飞利浦／泰瑞·雷曼、伊丽莎白／安妮·纽豪、梅雁／蒂娜·陈、战友·吴／梅尔·杜安·吉安森、舍伍德海关官员／陈施政(音译)、丽丽／白灵(音译)

2　克里夫特·A赖利，《走进新认识的旅程》(A Journey Toward New Understanding)《费城询问者(Philadelphia Enquirer)》，1992年6月版。

的艺术指导下，中国青年艺术剧院申请在北京排演《小代表团》，陈士争担任翻译和导演。士争在中国长大，经历过“文革”，会说英文和中文，也能为这部剧的文化差异架上一座桥。移民美国之前士争还是京剧演员。

那一年，也就是计划1995年在中国演出的前一年，在不影响主体内容的前提下，为了能让中国文化部接受，我重写了剧本。它由陈士争翻译，最后被文化部批准。

北京的日记有两部分——一些是1987年我第一次来北京旅行时候写的，里面有这部剧的起因事件；另一些是八年后，也就是1995年4月，我去看《小代表团》排演。这两部分日记就像是剧本的书档。让人感兴趣的是如何把原始的时间转换成升级的戏剧冲突，《小代表团》前后一共写了15稿。

《小代表团》得到了贝拉焦的洛克菲勒基金会、奥尔顿制作基金会的资助，北京场的演出还得到了亚洲协会、亚洲文化委员会、孔思德基金会和斯塔尔基金会的支持。剧本在《杰尼特内布里斯剧本集》中出版。[1] 以下是我的日记节选：

北京日记：1987年夏天

1987年6月8日

1　珍妮特·耐普瑞斯，《珍妮特·耐普瑞斯的戏剧》（纽约，百老汇戏剧出版社，2000版）。

应中国电影家协会的邀请，我们来到了北京。任务是教一群年轻的中国电影人如何写电影剧本。在机场看到《世界电影》的记者宋驰（音译）和将陪伴我们整个旅程的翻译时，我们都松了一口气。我们都不明白为什么让我们把那么多美国电影的录像带过来。他们解释说，因为“文化大革命”，中国人已经错过了20年的电影发展。我们不得不跟海关工作人员解释，《安妮霍尔》和《猎鹿人》既不淫秽也没有和如今的政府唱对台戏。

车行驶在北京时间午夜1点昏暗无人的街道上，这个城市既宏伟——很多煤气灯照耀着种植着树木的宽阔的街道——又神秘，被很多排白色的灯照出影子的天安门广场非常美，中间挂了一幅毛泽东的画像。此时我知道我真的离家很远了。

锦江饭店的房间让我有一些失望，不过几天之后我慢慢喜欢上了那儿——椅子上铺了丝绒的装饰织物，玻璃水瓶里永远都有热水（我们到底要这些热水做什么？），淋浴间在浴室，24小时供应热水。我们亲切地称它“稻田”。它正慢慢变成我们的家。

饭店里的洗衣服务最棒，9点前送去，下午5点前就能洗好送来，而且洗得像雪一样白。我们把所有的东西都送去洗，恨不得把美国的也拿来洗。他们会在每一件送去的衣物上缝一小块布质标签，上面有名字，跟夏令营一样。

我的房间外面是复兴门大街，路很宽，街上很多骑自行车的人。他们用自行车装所有的东西，从新鲜的面包到牛、猪，甚至老奶奶。这是我以前从未见过的。

1987年6月12日

讲座进展顺利，但任务艰巨。目前我做了两个讲座，一个是《论角色发展》另一个是《电影剧本写作的五十条规则》。早上的发车时间是7：40，司机来饭店接我们去一个隐居在山里的寓所，卧佛寺，大概半个小时的车程，学生们都在那儿等着。第一天早上就像在纽约市里打车，我看到了农民、军人、公牛、孕妇还有驴等等，司机一路都在按喇叭。布莱恩·亨德森(Brian Henderson)，纽约州立大学布法罗分校电影学教授［也是现在出版的关于布雷斯通·斯特奇斯（Preston Sturges）最棒的一本书的作者］和我都研究了一下自己的讲座，而不仅是浏览。偶尔抬头看一眼路边的塔。司机在被责怪之后放慢了速度。

我们美国的同学应该学习这些让人欣赏的学生。也许这才是课堂的样子。你进教室的时候，他们已经都坐好了，充满期待地等着，站起来向教授打招呼并鼓掌。在每4个小时的讲座结束的时候，他们都站起来鼓掌。没有人迟到，没有人早退。上课的时候学生们都做大量的笔记。天气非常热，接近100华氏度。你手边会有温热的橙子汽水和一杯冒着腾腾热气的中国茶，两种饮料我都喝了很多。

学生们都很体贴优秀。这是一个新的组合，他们中有人是已经得过奖的编剧和导演。一些还拿过金鸡奖，就像我们的学院奖一样。公鸡是尊贵的生物，所有古庙的屋檐上雕刻的一排神兽，它排在第一位——也许就是这样吧。公鸡确实是第一位，就像我们教师。

学生们很严肃，不过如果你向他们解释你讲的笑话笑点在哪儿他们也会哈哈大笑。他们特别喜欢50问那节课，因为那非常具体。他们一直问“我们做到了几条？”今天的讲座持续了快5个小时，真锻炼人！我们这个“小代表团”的其他人也有同感。他们是我、布莱恩·亨德森、安妮·卡普兰和理查德·沃尔特。讲下午课的是理查德·沃尔特，UCLA编剧领头人，另一位是安妮·卡普兰，罗格斯大学的电影理论家，不久会调到纽约州立大学斯通尼布鲁克分校。只有我和安妮带了丈夫来。安妮的丈夫马丁(Martin)是纽约大学的心理学系主任，我的丈夫唐纳德(Donald)是一名工程师。

1987年6月15日

今天我们游览了宏伟的天坛，是15世纪的建筑精品。宫殿深蓝色的屋顶像褶皱的灯罩，在午后阳光的照射下，熠熠生辉，宛若天堂。如今它还是一座佛教寺庙，我们在这件瑰宝里游走，尽力不打扰修行的僧侣。他们看起来没有被打扰，但我好奇的是他们面对中国迅速发展的旅游业真的心如止水吗。

1987年6月19日

今天我们爬了长城，一共1500个台阶。我们是好汉。我的好朋友兼翻译孙小姐和我们一起去的。我们一大群人，像是家庭出游。一个小型车队载着我们上山来到了长城。中国电影家协会主席陈继华（音）[1]已经在那儿了，还有向导王同志以及他的助手平（音）。我们猜测这两人也参与进来。也有传闻说王同志在“文革”的时候是一位政府高级官员。现在他是国际联络部部长，说不了流利的英语，但会说西班牙语。理查德和他用西班牙语交谈，再给我们翻译。将来，纽约大学的学生再质疑我对于外语的坚持的时候我会告诉他们原因！我有一种前所未有的对于剧本文学创作培训的热忱。

爬到山顶让人振奋，在那儿我们能看到数里之外的乡村风光，还能看到沿山形修建的长城。在山顶，我们遇到了一位 89 岁拄着拐杖的老爷爷和他 87 岁的妻子。他们也爬到了山顶。我们纷纷向他们表达祝贺。这是中国象征性的攀登。美国的是什么呢？大峡谷？帝国大厦？国会大厦的台阶？爬山的时候，我们休息了很多次。孙小姐和我手挽手。我们喝了一些温热的橘子汽水，我还买了一件写有“我爬长城”字样的 T 恤。

有一次休息的时候我发现我的一些同事已经走在我前面很远的地方了，所以我提议赶紧追上他们。可是，孙却说长城是圆的。“在我们前面的是一些年轻人，”她说，“再看看后面，是年纪稍长的人。总会有人在我们前面或者后面。我们有自己的步伐就可以了。”她的意思是最后我们都会到达同样的

1　译者推测是当时的中国电影家协会书记处书记程季华。

地方。这是不是就是我常跟年轻作家说的找到自己的声音并且听从它？听从很容易。找到才是真正的挑战！

爬完长城之后我们参加了一个奢侈且看起来没完没了的宴请。碰了无数次杯，被喝醉的苏珊搞得晕头转向，到处都是神秘的美味佳肴。最后居然还有鸭舌和熊掌。好吧，北京烤鸭实在太棒了！

1987年6月20日

我到卧佛寺，正准备和我的翻译孙过一遍讲稿的时候，她迅速把我带到女卫生间，把我推到水池边。她看起来灰头土脸。有什么事发生了。孙悄悄地对我说不要再私下里和她说话，也不要再对她表达任何感情。我们的友谊结束了。她也取消了下周日晚上我丈夫和我去她家吃饭的邀请。

当我问她发生了什么的时候，她告诉我，我们俩这么快就成为朋友让中国电影家协会的领导很生气。领导对孙说她看见我们在长城上手挽手。她还看见孙身上有一本我送给她的关于当代美国女编剧的书。她还批评孙说她和“这个美国人”的友谊会影响她的翻译以及失去整个美国代表团的注意。因为，为了确保孙在我们接下来的时间里很忙，她让孙在余下的这段时间里把我们带去的20部美国电影都翻译成中文。她的原话是“这会让你在美国代表团待的这段时间里忙碌起来，并且远离他们。”

这都能变成一个政治事件。我想我应该给那位领导也送一件相当的礼物。事实上，我也确实去翻了我的行李，拉出一条新围巾，包装了一下送给了她。但太迟了，这对于在“文革”中很多书被毁，文化丧失的读书人来说，一条围巾和一本书的意义是不同的。虽然有些政治色彩，但它也只是简单的个人喜好问题。有人应该送一份更大的礼给那位领导。我不明白。

1987年6月23日

北京电影学院举行了一个欢迎我们的宴会，我和陈校长，以前访问过纽约大学的老朋友见了面。他们给我们放映了北京电影学院拍摄制作的《珍珍的发屋》(Zhen Zhen's Beauty Parlor)，这是我在中国看到的第一部西方视角的电影。据说他们最初想拍成一部喜剧。这部电影讲述的是两家美容院的竞争，其中单簧管的配乐非常棒。陈校长答应送我们一盒磁带，在我们出发去西安的机场他给了我们。在我们团队离开北京去西安讲课的送别晚宴上，我提议为他们唱一首“美国老民谣”《慢船去中国》。后来我们返回北京的时候，在7月4日的晚宴上，我们唱了《胜利之歌》。后来才知道，我们这个“小代表团”唱歌跑调，但我们的歌声在我看来一定非常诚挚，就像是天堂的唱诗班。我们得到了一个杰出的中国电影人夏衍的拥抱，他现在快90岁了。他是宴会上尊贵的客人，被认为是中国的大卫·格里菲斯(D.W.Griffith)。我的翻译也在晚宴上，整场我都没有看她。我没注意她，她也没注意我。

1987年6月28日

6月28日周二这天我和中国剧作家白凤喜（音）的见面太传奇了。我们俩都接受了由西蒙&舒斯特(Simon & Schuster)出版的《当代女性剧作家》(Contemporary Women Playwrights)这本书的采访[1]，认识彼此也只是通过书里的采访文章。这次见面是通过领事馆安排的。她会带着她的翻译上午10点到酒店。她到得很准时，前台打电话给我说她已经来了，但在大堂等她的翻译。半个小时过去了。我房间的桌上已经摆好了茶和蛋糕。我决定下楼，虽然她坚持认为见面毫无意义，因为我们没办法和对方交流。在大堂我看到了一个心急如焚的女人。我马上认出了白。“杰尼特！”她叫道。“白？”我们如释重负地拥抱了对方，开始兴奋地说起话来，指着手表，白摇了摇头。看上去她觉得翻译不会来了。这时我们两个站在饭店大堂，就像是两只兔子，一边跑一边叫，无法沟通“怎么办？”突然，天使出现了，他是吴春哈（音译）先生。他用中英文解释到，他其实是一个工程师和科技翻译，有45分钟的空闲时间。坐在大堂里听到我们俩鸡同鸭讲，很乐意帮忙。我们俩就像女学生一样，拉着吴，我们新找的工程师翻译上了我的房间。在那儿我

1 对当代女性剧作家的采访，包括凯思林·白思库（Kathleen Betsko），蕾切尔·柯尼希（Rachel Koenig），比奇·榉树书籍出版公司（Beech Tree Books），西蒙与舒斯特公司（Simon & Schuster），1987年。

们终于可以分享自己当编剧的故事了。

白告诉我她有个非常成功的剧作刚在北京完成，9月会在光荣的节日里上演。看起来在这儿人人都渴望“光荣”。白说她写了一个关于年代差异的故事。我们讲了彼此对于剧院的热爱，我们遇到的挫折，作为女性作者的困难，并尝试解决。我们一致认为剧院是最难的传播媒介，因为有很多限制，但同时那些限制又正是剧院吸引我们的地方，它让人兴奋又感觉危险。白和我一样，也是1976年成家之后开始写作的。我们应该像美国牛仔一样，穿着靴子继续走下去！我们交换了礼物，我送给她的是一条围巾，她送给我一个景泰蓝钥匙圈。我也应该给我们的工程师翻译一件礼物。我看了看房间，知道不能送特别贵重的，因此我把从家带来的莫里奈的传记送给了他，并在扉页上写下“送给吴”。他说这是他一生中最棒的一个上午，也是最有趣的——遇到了我们两个作家。他也说他很荣幸。我们三个人都不会忘记这个45分钟的见面。后来我听说白还邀请工程师吴先生去观看她的一部作品。

分别的时候，我告诉白这对于我们俩来说也许是比计划好得多的见面。某天它可能会变成一个更好的故事！

1987年6月30日

今天早上，我的讲座内容是关于美国女性电影人。我选择了两位我认识的女性的电影：乔伊斯·乔普拉(Joyce Chopra)

的《甜言蜜语》和苏珊娜·鲍曼(Suzanne Bauman)的纪录片《夏日女性》。我们像往常一样，7:40很迅速地离开酒店。车速也还是像往常一样快。我们差点撞到一群农民，他们的车里装满了蔬菜。路上还有羊群、马和猪。布莱恩·亨德森，这个可怜的人坐在前排。我们穿过被雾霭笼罩的寺庙，当我们到城郊的时候，看到人们在采摘准备拿到市场上去卖的农作物，很多的西红柿、白菜和西瓜。我们在中国的生活日复一日……上午讲课，下午参观，晚上我和亨德森还有理查德·沃尔特去旁边的公园散步，分享过去和现在的传说故事。理查德说我们受到的待遇好到他觉得自己是摇滚明星。我说他开始看起来像个摇滚明星了。亨德森非常聪明，就像一个百科全书。他知道每一部电影，谁导的谁写的谁演的。理查德说我们应该去图书馆看看这些是不是真的。有一次回家，我们对他的称呼变成了布莱恩。我还邀请他春天的时候去NYU做一个关于浪漫喜剧电影的讲座。理查德秋天的时候也会来做个讲座。我们已经在计划下次再见时比一比照片了。

关于美国女性电影人的讲座进展顺利，导演们都很敬佩这些电影人的工作。他们说“告诉她们，她们很美。”在那部纪录片的尾声他们流了眼泪，就像我们总在一次又一次做的一样。每个人都有梦想，每个人都会变老。我们有同样的渴望和恐惧。我忘记了我离家如此远，我忘记了我在中国。现在我们是朋友了。孙依然在做翻译，但我对她很冷淡，很例行公事的态度。

我们之间不剩下一丝友情。也许那么随性和开放是我的错。是的，我想这是我的错。

1987年7月2日

今天讲座的内容很多，因为是最后一次了。在这个关于爱情喜剧的讲座进行的时候，我的丈夫唐纳德得了类似疟疾的病，不过被一个一直把手搭在他脉搏上的中医很轻易地治好了。我们在贝聿铭精巧设计的香山饭店里吃午饭，然后参加了一个更丰富的宴会，接着开了3个小时讨论会。我们所有人：电影编剧、电影理论家、配偶们、翻译坐在长桌的一边，对面是我们的学生。虽然高温很恼人，但亲爱的学生们为我们每个人准备了一台电风扇，还有橘子汽水，现在喝它们让人精神振奋。我们交换了关于各种电影的想法，从黑色电影到荒诞喜剧。我们谈论自己看过的电影，基本上都是不同电影公司制作。我们敬佩这些新的电影人在“文革”中及“文革”后承担的风险。很多电影都是关于抗争的。比如《天云山传奇》（*Tinjen Moutain*），这满怀激情和决心的片子，是最好的中国电影。讨论会结束后，当然还是宴会：教授、学生、电影人，大家齐聚在和卧佛相连的一个大厅里。开始我们吃东西，然后跳舞，祝酒，送礼物。中国电影家协会送了唐一件最美的蓝色花瓶，给了我一块桌布和一个红色漆盒。这样的气氛像是婚礼。没有人想离开。直到天黑我们才回家，学生们跟在后面向我们挥手告别，表情悲伤。

孙也在他们中间。她看上去很难过。我想她一定很绝望——一扇门开了却又被关上了。

所以现在，北京的部分结束了。我们答应会回来，会去拜访他们在外地的电影工作室。我不知道生活会带给我什么。但也许，我总觉得故事还没有结束。下一站，西安。

1987年7月6日

西安 西安饭店居然有浴缸！周日我们去城郊参观了兵马俑和一个有6000年历史的小镇。西安更像农村，街上的人也更多。这儿的生活充满活力。它让我想到巴黎。没有贫穷，每个人都有家，普通但是有尊严。晚上，因为炎热，整个城市的人都出来了。厨师们在路边架起大炒锅，旁边放着成排的西瓜做甜品。西安多像一个大社区！这儿有很多游客，然而，他们很难靠近兵马俑。拜访西安电影厂很让人兴奋。他们特立独行。其中一位导演颜学恕，将在秋天访问NYU，我们还将再见面。我们钦佩这里充满活力和勇气的工作！

晚上的宴会，电影厂厂长吴天明穿着牛仔裤和靴子出席，对我们说想坐哪儿坐哪儿，想吃什么吃什么，没有祝酒词——就是放松。这个任人放松的礼节恰恰代表了这个制作厂的精神，和北京电影制片厂更为严谨的作风相比较。西安是中国电影的一个基地。在这里，他们勇敢、不说教。编剧和导演们尝试讲普通人的故事，而不是他们自己的。吴先生跟我说，如果你开始只有一个简单的想法，你会拍出一个更复杂的电影。反之亦然。“不要通过瞄准来击中目标”，他告诉我。

1987年7月9日

这是旅途的最后一站。我现在在上海的机场写这篇日记，等待去北京的飞机。来的时候，因为带来的美国录像带，我们被海关人员盘问耽误了好几个小时，就是在这同一个机场度过了午夜时分。我想起孙要翻译那些影片，不知道进展怎么样。我开始认为因为我愚蠢的慷慨也许毁了她的工作。不管怎么说，我们是什么都有的美国人，他们是被“文革”摧残过的中国人，所以我把自己想成是美国红十字会。太傲慢了。

上海的饭店像家里一样舒服，我们都很高兴有一个空调扇，我称它为“Vanarama”。到的那天我们被带去观看上海杂技表演，和一个莫斯科的访问团坐在前排。老虎就在我们眼前钻圈，距离比我们想得近得多。参观上海电影厂时感觉非常亲切，看了更多的电影。因为我和唐比其他人先回美国，所以我们没有和大家一起行动，而是冒雨快速游览了上海。这大概就是上海应该有的样子吧。这样闷热神秘的地方，种满栗树的宽阔街道，宽广的海港。这是这次旅行中我们到过的最国际化的城市。暴雨如注，但唐作为一名海军（工程师），想去看看海港。我们脱下鞋子，在水洼中跑着。唐踩到了水里，我拉起裙子，头上戴着我们上海翻译马燕燕（音）的草帽笑他。

在中国的最后一晚气氛压抑。对于要离开大家我们都很悲伤。我们还和陈梅拥抱。她是一位出色的暑期学院执行主任。我们都相约要保持联系。

我相信我还有一天会回到中国。我们在这儿有朋友。如果说我们学到了什么的话，那就是世界很小，我们大家的情感、愿望和失去的东西都是一样的。“保持联系！”是最后的呼喊。每个人都希望保持这种联系。

我想到了一个新剧，关于一名翻译，名字是孙什么的，关于语言和理解，关于困惑和信念。我想到孙说的，在那场革命中，他们就像冰箱，只会打开和关上。如今中国敞开了她的大门，我们走进来了，我们的生活也改变了。我开始考虑如何把这个真实的事件改编成一个戏剧。我的脑子里开始出现各种各样的场景——最开始的欢迎会、翻行李找礼物、卧佛寺的课堂、长城上关于轮回的隐喻、赠送贵重礼物给美国人、意外、在海关、行贿、公园里的晨练、刻板的日程“只对游客开放”、在故宫、对“文革”之后中国到底如何自由的疑问，等等等等。我想这就是一部剧了。我来中国教书，不是创作剧本。但是看起来我会带着剧本回家。

北京日记：1995年4月

1995年4月9日 周日

回家。回到它开始的地方。这次的旅途距离上次我去中国讲学已经八年了。上次我和一群美国电影教授一起；这次我一个人。我在去的飞机上写下的这些。

《小代表团》的产生都源于8年前的那个事件。我并没有打算去北京寻找戏剧题材，然而，这个国家和人民的精神吸引了我，让我着迷。另外，发生的事情也让我思考，对于一个剧作家来说，这就是“被抓住”的开始了。

现在，我要回到我的剧作上演的中国。第一次也许会容易些，因为没有期待。而现在是再次拜访，你知道一些事情。我不知道在1989年之后这个国家是什么样的。

这部剧的初稿写于1991年，是在我去中国讲学的三年半之后，在洛克菲勒基金的支持下在意大利完成的。1993年它被卡尔·罗卡莫拉(Carol Rocamora)搬上旧金山的舞台，苏珊·苏尔曼(Susan H. Schulman)执导，李名觉担任舞台设计。现在是1995年，它要去中国。真像奇迹。

我想着每个工作带给你的经历，意想不到的转折。带着这部剧回到中国是我一直以来的梦想。现在，它就像个梦……

石伟金，中国青年艺术剧院的艺术指导，三小时后来机场接我，一起来的还有陈士争，我的导演、翻译和朋友。

1995年4月10日 周一

到达。现在是北京时间的周一晚上。我的一天去了某个地方。时间去哪儿了。在摆渡车上我想，在飞机上黑夜变成早晨的时候我应该喝一杯苏格兰威士忌作为早饭。当接近北京的时候，我的心跳加速了。有一点点小小的悲伤。第一次只有一次。这次不一样了。

熟悉的机场——入境处、检疫站、穿着卡其色军装戴红袖章表情严肃的配枪军人。我拿着护照顺利通过安检的时候轻轻地松了一口气。

没有找到行李车。机场工作人员让我耐心等待，说马上就会有。现在我才意识到自己是在中国了。行李车没有来，我决定自己拖着行李走。然后，在行李提取处的某条传送带坏了。中国人，耐着性子，冷静地等待，人工修理有人吼叫。所有的乘客都在等。可能过了 1 个小时。耐心……哦，很快会修好的。确实很快修好了。

到达口门外，很像纽约的肯尼迪机场，有很多接人的亲人、朋友、轿车司机等在那里。有人向我招手，是士争。和他站在一起的帅哥一定是石伟金，剧院的负责人。和他们一起来的还有一个女人。她是演中国翻译的女演员。当然，这里是北京，所有的演员都是中国人，制作的也是中国人。

他们租了一辆小汽车。我们走一条新建的高速公路去酒店。现在快要午夜了，我飞了超过 24 小时。但我精力充沛，还有刚刚到达这里的兴奋。我们互相问候——谢谢之类的，没什么实质性内容。石伟金和我开始交换意见，通过坐在后排中间的士争的翻译。我们都认为，这次的工作一半是创造性，一半是政治性：一只手抓艺术，另一手抓政治。只有这样才能做成。我真希望自己会说中文这样我就可以直接和石伟金交流，不要麻烦士争，他已经是个超负荷工作的导演了，现在还要做我们的翻译。

我们到了漂亮的北京亚洲大酒店，也被称作锦江饭店。这和我上次来住的酒店有一样的名字。为什么大多数美国人住的酒店都叫锦江呢？我得问一问。我办好入住手续不久就有两个男人来了。他们是从北京电影学院来的。他们怎么就在午夜出现在我的酒店呢？这是中国。人们总在对的时间出现在对的地方。

好像明天我得做个讲座，就在我到达之后的第二天早上，在北京电影学院，做一个只有 4 小时的讲座。晚上还有宴会。我很失望不能去排练场看我的演员们彩排。石伟金和士争都建议我去做讲座，不然就是“差的政治”。他们告诉我一个美国人带点什么来中国是好事。

北京电影学校的教授希望我做一个关于 90 年代美国电影的讲座。“但我没有准备”，我说。我会尽力而为。他们还问我有没有带录像带。这真是个敏感的话题。“没有。”我说。怎么用中文说“wing it”？

在戏里演翻译卢新（音）（和美国版本的名字不一样）的女演员告诉我，她演过玛莎·诺尔曼(Marsha Norman)的《母亲之夜》北京版本里的女儿。她还告诉我，有三部美国戏剧在中国上演过：阿瑟米勒的《推销员之死》，玛莎·诺尔曼的《母亲之夜》和去年刚演过的谭恩美的《喜福会》。

现在已经快凌晨1点了，感觉所有的人都来了我的房间——士争、石伟金、演翻译的女演员、另外一个女演员。她被介绍成“中国的梅丽尔·斯特里普”，她刚刚还不顾我的反对拖着我的行李上楼梯。我被告知这个没什么。“亏？(kuì)”北京电影学校的两个教授也在，还脱下了他们的外套。我们是都要睡在这儿吗？第二天早上，我是不是还应该在水吧给他们每人送上一杯喝的。

太困了。我最后说“晚安”。士争用中文跟他们说了些什么，那听起来比“晚安”长很多。最后，所有人都走了。我愉快地爬上床，隔壁的电话却开始响。这持续了30分钟。我打电话给前台投诉，她说我的电话没有响。我说我当然知道我的电话没响，我现在不是正用着它吗。我试着解释是旁边的、隔壁的，另外的房间。已经2点了，可不管用。我们没办法交流。最后，我穿上衣服，走到外面，看了一下那个房间的号码，然后有人去那个房间修电话了。3点了，我愉快地睡着了，期待我在北京的第一天。

1995年4月11日 周二

我睡到了上午10点，精神饱满。吃过早饭我去街上走了走。北京的春天，树枝抽出了新芽。这个城市与8年前比有很大的变化。北京越来越像一个现代化的城市。有了更多的高楼，到处都在建房子，古老寺庙的周边有一条新修的高速公路，大的黄色出租车，比自行车还要多的汽车。我想念过去警告路上飞奔的动物的自行车铃声和偶尔驶过的外交官的奔驰车。现在这里到处都是迪斯科、写字楼甚至是商场。每个人都好像有一部手机。餐馆已经替代了过去的路边摊。某种意义上来说，这让我难过，因为北京已经失去了它的独特，变得像别的任何一个现代都市了。

然而这 8 年来还是有些事情没有变的。那就是街上熟悉的各种中国方言，街角贩卖的活鸡活鸟和宠着独生子女（被政府允许）的父母。今天我还看到一个穿着毛泽东时代流行的蓝色制服的男人，就像是 60 年代遗留下来的嬉皮士——一个遗迹。

下午我执行命令去北京电影学院做讲座。有点像原景重现，但学生不一样了，他们穿得更时尚，然后他们的寻呼机一直在响。“这是怎么回事？”我问。“别在意。”一个学生告诉我，“他们都是药贩子。”课堂爆发一片笑声，我知道这是个笑话，所以我也笑了。我的讲座内容是自己所熟悉的，并可以加入 90 年代电影的元素。

之后就是不可不去的宴会了，由北京电影学院刘院长（音译）主持。他一直让我喝四种汤，其中还包括乌龟。他说，不然饭店的主人会觉得被羞辱了，会认为他们的食物不好。

吃过晚饭，我回酒店睡觉。半夜醒来的时候还是没有接到士争关于第二天排练安排的电话。士争已经排练了一整天，而我还不知道他在哪儿排练，酒店的电话号码是多少。他要是不打来怎么办？……耐心。哦，正在我要放弃希望准备喝一点干邑白兰地的时候，他打电话来了。凌晨 1 点，今天的排练刚刚结束。我们约好早上 8 点一起吃早饭，然后就是一整天的排练直到晚上。听上去有点太密集，不过中国人都很努力，而我也很高兴他们认真对待我的剧作。电视里在放一部老的西部片，男主人公是个歌手，他要去纳什维尔。我在美国电影里睡去。

1995 年 4 月 12 日 周三

早饭和士争一起吃的。他首先解释了为什么他不和我住同一家酒店。他住的那家是个部队招待所，他说这样的安排更好接受一些。住在一个高级昂贵的酒店，对于在湖南长沙出生的他来说不太好。他应该和演员们的待遇一样，让他们有家的感觉。然后他公事公办地告诉我他们得修改剧本，“很小的改动”，因为文化部会去观看演出。比如，不能提毛主席去逝了，虽然他确实去逝了。中国人说可以，但西方人不行。我理解这些外交而且这些改动不会对整部剧有实质的影响，所以我做了修改。“另外一件事，”他说，“剧本里第二幕和美国人比起来，给签证处工作人员行贿的是梅雁（Mei Yen）的话会更好。”“为什么？”我问。士争解释如果是美国人行贿的话显得不太尊重，中国人的话好接受一些，所以不会给剧情需要造成麻烦。因为贿赂是整部剧高潮的关键因素，最好是剧里的美国人里米(Remy)送给签证处官员两瓶茅台，以便卢新顺利拿到去美国的签证。

排练是在士争住的部队招待所的房间里进行的，因为剧院正在重建。好吧……我见到了演员和他们完美的表演。他们和别的演员一样，彩排前说一些缓解紧张的玩笑。他们从家里带来已经泡好的装在玻璃杯里的茶，而不是美国人的塑料咖啡杯。茶和香烟是永恒不变的。“我们就像烟囱一样。”演莉莉（音译）的王梅（音译）说。她告诉我她会说“一点美语”。

大多数演员都是中国青年艺术剧院的演员，除了两个是从上海戏剧公司来的之外。因为现在北京很多演员都去参加今年纪念抗战胜利的项目了。[1]

士争让我介绍一下这部剧和它的中心思想。我说了一点，当然士争也在做双倍的工作，翻译和导演。我说这部剧是关于渴望，对爱、自由的渴望，渴望帮助别人，渴望做“好事”（对里米来说），这些导致了他的中国朋友的悲剧。就像大多数的戏剧一样，很少人能得到他们想要的。戏剧终归不是关于幸福的人的故事。那样太无趣了。我向演员们保证在他们演下一个作品或者是这个作品的续篇之后他们会找到这种幸福——只要

1 《小代表团》的修改版1995年4月份首先在北京的北京青年艺术剧院创作出来，由陈施政（音译）翻译并指导。演员有：罗米／王丽云（音译）、刘子（孙）／杨青（音译）、飞利浦／石伟健（音译）、伊丽莎白／张兆丽（音译）、梅雁／张颖（音译）、战友·吴／陈强（音译）、舍伍德海关官员／万楠（音译）、丽丽／王青梅（音译）

那是一个喜剧。

我们彼此还讨论了角色之间的关系。中国演员理解戏剧里的美国人角色是最难的地方。和我们在美国演的时候刚好相反。美国的ABC演中国人角色有难度。

“为什么里米那么急于求成？”王柳云（音）问，她演那个主要的美国教授，里米。我解释说因为她没有安全感，渴望被爱。当然，她也很自私。帮助别人让她有快感。《小代表团》里她的多管闲事是悲剧的源头。

我们在宾馆房间排练的时候，我能看到窗外故宫的城墙。这一切仍然像是个梦……可是，排练，就和每个地方的排练一样，除了我们是在中国一个受约束的部队招待所。

排练过程中，我们练习了几遍演员的英文台词发音，都是上课的一些场景。女演员发不好“我为自己庆祝(I celebrate myself)”的发音，这选自沃尔特·惠特曼的《草叶集》。

然后是休息吃午饭，吃的是所谓的“商务套餐”，没想到非常丰盛。演员们在附近找到了一家喜欢的餐馆，每天都去。在中国你的茶杯永远不会空着，它总是会被迅速地倒满。喝了10杯茶之后，我独自跑到了外面。吃午饭的时候还引起了小小的骚动，因为“卢新”是个有名的电影演员，餐馆里的每个人都认出了她。

我们围坐在一起一边吃午饭一边讨论剧本。我还从士争那儿得知政府正在“调查”这部剧，但应该“没问题”——没问题。

我被告知这是例行公事，但从他的表情以及来来回回的耳语我看得出石伟金的担忧。今天早上我们排练的时候一定发生了什么。

接下来是付给报社的“车马费”的问题。据介绍这个是去戏院的来回路费，是给政府官员和媒体批评家的旅费。过去，这笔钱用来支付接他们来的车马。传统保留下来了。每个人都是这么做的。政府官员和媒体到的时候你偷偷将一个白信封塞到车座底下。在中国，真是每分钟都有惊喜。我同意帮助解决“车马费”。

下午晚一点的时候，看了一会儿排练，我就一个人出来去了紫禁城。我以前去过，但是和导游，没有一个人去过。我想让自己迷失在错综复杂的故宫里，也许是想逃离所有的责任，哪怕是几个小时。

回去的路非常滑稽。故宫那儿好像所有出租车的打表器都坏了。最后我拦下了一辆带篷的三轮车，司机同意送我回家，要价 40 元——大约 5 美元。我们穿过下班高峰的街道，穿过公共汽车、小汽车，绕着环路，还过了桥。（后来我才发现我让他带我跨越了半个城市！）那一定是个有趣的画面，这个穿着褐色皮夹克的女人，戴着太阳镜，穿着美国牛仔靴子，没有像普通美国游客那样坐奔驰而是坐在一个敞篷的三轮车里穿过这座城市。

晚上，石伟金安排了一个有海鲜、螃蟹和大虾的宴会，这些食材都来自他南方的家乡。他说和孙中山的家乡是同一个地方，士争说“所有的帅哥都是那儿的人。”石伟金很高兴。

晚饭后我们继续排练，继续喝茶。10点我的眼睛困得睁不开了，士争送我回家。他们继续排练直到他们累了。

1995年4月13日 周四

士争和我都养成了一种习惯。早上我们在我的酒店一起吃早饭，喝一杯美味的咖啡，然后讨论今天的排练。演员们的状态开始放松。士争告诉过他们这不是一个严肃的戏剧，为了消除音乐剧的任何可能性。因为“有争议的内容”还有一些场景得剪掉。这个指示也许来自文化部也许来自演员自身。很难说。我被告知中国不会因为害怕报复而对我的剧有抵抗，但是删除美国教授和中国翻译之间冲突的场景确实是使这部剧得以批准的基础。剧本会变成什么样？看起来只有骨架留下了，我担心为了让它更“可接受”，汁已经被榨干了。

上午我写了一些明信片，然后像一个游客一样去了友谊商店。看到景泰蓝首饰那儿排着队，我什么也没买。这里没有我想要的。我需要回去继续我的剧作。

至少排练的过程是熟悉的。像所有的演员一样，演员们和自己说话、背台词、和别人对词、对自己不耐烦、不懈地工作、总是要求再来一次，“再”。同时有8种声音在讲话。我把它当作排练的“音乐”。它就在我身边飘荡。我不懂他们在说什么，但能听到旋律。不久，我甚至相信我能知道他们在说什么。

我能通过他们的情绪判断这是哪一场。我不再需要导演告诉我。这时我意识到他们已经进入剧本了。没有再浪费时间，没有再重来。他们已经投入进去了。

那个年长的女人在指导台词，我以为她是舞台总监。后来我才知道她曾经是中国有名的女演员，现在是表演教师和舞台指导。好的。“没问题。”

某些时候，房间里的每个人看上去都是导演。谈论民主。每个人都念一遍台词。在美国这会被认为是蓄意破坏。可在中国，所有的帮助都是被欢迎的。大家看上去像一家人。

在部队招待所的餐厅我们快速地吃了晚饭。然后就是“来了，来了，来了(Leila,Leila,Leila)”——让我们继续。回去排练到 11 点，那会儿所有人都筋疲力尽了。

我想“一幕(imru)”应该是“scene”的意思。因为每翻几页(中文剧本要短一些)，舞台总监就会说“一幕”还是什么的。是的，我问了，“imru”就是“scene”的意思。重复最多的词是“对”或者“exactly”。所以，这些年我和士争打电话的时候，他就会这么说。我说着，他在那头听着，重复着“对对对”。我爱它的发音，我爱“我在听着”的含义。“对”很快成为我最喜欢的词。

1995 年 4 月 14 日 周五

今天早上我决定雇一个司机带我去卢沟桥。它离北京有点远，司机只会说中文，但我们还是成功交谈了。他开着车问我可不可以，我回答“对对对”，他对自己很满意。

路上我们路过了很多建设中的工地，平房似乎都要被楼房代替了。然后我被告知“古香古色的小房子”正在拆，这终究还是对中国人民有利的。然而看着古老的东西消失让人难过。很显然，这些古旧的平房没有管道工程，所以美在哪里？他告诉我它们留在记忆里更好。

卢沟桥长一英里，两边都有石狮子。桥面铺着古时候的鹅卵石，但已被磨得很光滑。桥下穿流而过的河水很久以前就已干涸。据说马可·波罗来中国第一次看到这座桥的时候就被震惊了。现在它仍然是个奇迹，虽然两边都是纪念品商店和接学校孩子们的停车场。我买了两个很旧的茶壶和一个毛泽东像章。

我回去之后，和北京电影学院的教授见面，我们讨论了和纽约大学交流的问题。然后，我去了北京饭店，一个非常尊贵的地方。这家饭店历史悠久，但有所有现代的东西。不论从哪个方面看，这家饭店都像是个过度肥沃的花园。今天在这儿我们有个科技方面的问题要沟通。这部剧会在一个叫艾登花园的剧院上演。因为中国青年艺术剧院还是“维修中”。好吧……

石伟金和演员们一起出现了。他看上去非常疲惫。后来我才知道他写了一晚上文化部要求的表格。艺术果然是来源于生活。在剧里，签证处的工作人员就一直在要求他们填表格。

所以，整个上午石伟金都在文化部那儿交表格以获得批准。

他们告诉我文化部指示继续进行。但如果这样的话，为什么他看上去如此沮丧？这使我感觉也许表演会被取消，我应该做好准备。

如果因为这部剧石伟金陷入了任何危机的话，我愿意马上喊停。我把这个告诉士争，他对我说“没问题”。

艾登花园让我一见钟情！它有华尔道夫大饭店的大宴会厅那么大，宽敞的舞台，现代的灯光和音响系统。还有从地板到屋顶的天鹅绒帷幔。房间有三层楼那么高。拱门两边还有精美的经典雕刻作品，比如米洛斯的维纳斯和米开朗琪罗的摩西。

一位女演员认出了给我们倒茶的穿白色工作服的女服务员。那是她以前的高中同学。她们拥抱并问候对方。王丽云（音）向演员们介绍她的朋友。

所有的关于技术上的彩排都是一样的，停下来，继续，有种创造性的痛苦。这就是他们称它“科技”的原因吧。士争把我们第一个版本的原创音乐带来了，是谭盾作曲的。谭盾凭借他的歌剧《马可·波罗》已经在美国享有盛誉，他是以前士争在北京京剧团的同事。我听了第一部分《长城音乐》，让人舒服——哀伤的钟声和孤独的长笛。

演员们下午 5 点之前得离开，因为那会儿艾登花园有个晚宴。哦，演员的生活。这个地方太棒了，值得演音乐剧。

技术彩排结束之后，我知道为什么石伟金那么担心了。是的，我们得到了批准可以继续，但是只是可以表演，报纸不能报道。很好。一个表演，没有观众。我不能让演员看出我难过，因为这会让他们难过。或者已经有人告诉他们这个消息了。我确信会有人来看演出，比如批评家们，因为他们都拿到了“车马费”。但真正的观众呢？我很绝望，可是我这个美国编剧是不可能和文化部讨价还价，也不该危害到某些人的生命。啊，还有一个要求——这唯一一次的演出，一定得是明天，而不是计划的一周之后，而且是午后场。我想他们是想把我们尽快地弄出去。我不再说毛死了，不再暗示签证处工作人员错了。大部分关于“文革”负面的东西都没有了。现在还能有什么错？

坦率地说，如果他们要求我修改更多以让这个演出继续的话，我会走开的。

但演出还要继续，这是工作。这是给那些演员的礼物，我们还有最后一次彩排，所以没有时间来思考这些消息带给我的压力。我让自己顺应这里的趋势，让这部剧、演员，观众——如果有的话，做到最好。

我们唯一一次的演出之前的那个晚上，我和美国大使馆文化参事基尼诺瓦克吃饭。他说在北京的工作是他担任的政治生涯中最严峻的职位。就像卢新在剧里所说“中国是一盘沙”。事情每时每刻都在变。我们讨论了中国演员去美国的可能性；或者使馆会资助他们。但我不会让自己窒息。理想和现实之间有很多很多张表要填。

美国的确有剧院想和中国交流。他们都在大城市，有很多亚洲人或者外国人，像纽约、洛杉矶、旧金山或者西雅图。我回家的时候会考虑这些剧院的。

我 9：30 不到就回酒店睡觉了。

1995 年 4 月 15 日 周六

早晨 6 点。天刚刚亮。就是今天。今天还是逾越节，是我妈妈的忌日——五年还是六年？我有点紧张而非兴奋，这很平常，希望一切顺利。

上午我没去看彩排，而是去逛了逛北京的街道。给家里的人买礼物，有一个是给我即将到来的第一个孙子的。我买了一个有粉色小猪图案的杯子，一只“猪”。

回家的飞机是明天上午 9：40 的，我们得 7：45 之前从饭店出发，所以买完东西回去之后，我必须打包行李。演出下午 2 点开始。不但不是我们计划的时间，还是一个午后场——最糟糕了！

我离开酒店之前，接到了一个惊喜的电话，是 8 年前我的第一个翻译孙打来的。她从伦敦回到北京，正要去看演出。白凤喜也是，上次我见过的那个中国编剧。在这中间我在加拿大的女性编剧国际会议见过她。至于孙，自从她被责怪并中止和我这个美国人之间的友谊之后我们之间没有联系过。我离得很远，她也是。但是现在，她来看我的剧。

手里拿着给演员们的礼物，还有给石伟金的一瓶人头马白兰地（里米是我剧里美国主人公的名字）。

就是今天。

在巨大的北京饭店，我喝了一杯白酒，吃了一个金枪鱼三明治，然后去后台给演员们加油，祝他们表演成功。

演出终于开始了，来了很多观众。我放心了。不知道怎么就想起这句话，目前为止还很好。我可以跟着每一幕的情绪，即使我听不懂。剧场里很安静。这很好。最大的笑声出现在美国教授说"我不想看毛主席"那里。讽刺的是，这比原始的台词"我不想看见一个躺在玻璃盒子里的死人"更有趣。当然，我重写了剧本以便让它能被接受，剪掉了很多，但仍然是最具力量的表演。"为什么？"

也许是因为剧本已经精简到只剩下精髓？因为中国演员没有演过这么刺激有冲突的戏剧，他们在愉快地实验着？大多数的中国戏剧都没有《小代表团》那么激烈。最后一幕，当里米意识到她是如何彻底地毁了卢新的人生的时候，女演员彻底崩溃，泪流满面。以前我从来没觉得这个时刻会多么真实。王丽云演过很多部队或者"公共关系"的电影，所以她告诉我这部戏更像契诃夫，因为人们在"用心"说话。对我来说这足够好了。

演出结束之后，编剧和导演都要和批评家们见面。大约有20位批评家从中国各地赶来，他们一个接一个地提问，发表看法。这总共花了三个小时，因为所有的东西都得翻译，后来我们得离开艾登花园，因为他们要准备晚宴了。我们转移到北京饭店的休息室。

现在是我最开始的翻译孙在做大多数的翻译工作。就像过去那样。批评家认为这部剧大获成功。我被告知这很重要，因为他们是这部剧政府批准的关键。

批评家告诉我他们觉得这是一部里程碑式的剧作，一个突破。他们从来没有看过一部关于中西方文化间交流的戏剧。没有看过人们孤独时说的那些私密又刺激的细节。他们习惯一种更公众更程式化的戏剧。一个外人如何看中国人在遭受不幸时的想法？有人看得到吗？

坐在我右边来自《上海新闻》的女人说，《小代表团》是埃德加·斯诺的《红星照耀中国》之后第一部展示西方人对东方的理解和感受的作品。我读了每本关于中国的书，除了斯诺那本。回去的时候一定要读。

所以，像音乐一样，语言也是可以四处旅行的。中国的观众看到了这部剧。最让我高兴的是，北京人热情地接受了它，并深受感动，没有冒犯。有这样的观众，我对这个我回来的地方，它开始的地方——中国，除了尊重别无他想。

在我们最喜欢的餐馆，我们举行了一个很棒的开幕会/送别会。我们都喝了很多中国伏特加。我们唱歌——京剧里的，美国电影里的。最后我们唱了《卡萨布兰卡》的主题曲《随时光流逝》，每个人都唱了。

演员们都希望作品能在北京继续演。他们也希望自己能去美国，和一个说英语的演员演对手戏。戏剧还是有希望的，但我没有答应任何事。我能抓在手里的就是我们一起创造的这小小奇迹。

士争和我带着这部剧来到中国，它出生的地方，许多世界历史诞生的地方。我能把它反馈给中国人民，是他们首先将它送给了我。

1995年4月16日 周日

我在从北京回纽约的飞机上。使命完成了，戏剧上演了。我跟着这部剧经历如此美妙的旅途……我留了一些人民币，并决定保存下来。它会给我好运。我也觉得我还会再回到中国。现在，回家。

11

从事实和虚构中改编

我们的戏剧主题通常会选择自己。我们读到的、听到的、看到的或者梦到的，又或是我们去过的地方，这一切都留在了脑海里，没有遗忘，我们就这样开始了。

在戏剧写作中我很享受的一件事就是有各种各样的写作类型提供给我们。虽然我最开始写的是戏剧，但又不仅仅如此。我认识的剧作家中几乎没有不写电影、电视剧、诗歌、短篇、小说、儿童读物、杂志文章、纪实故事以及音乐剧的。基本上我认识的每一位剧作家都改编过一些故事，有些是来自于虚构而有些来自于事实。

当你被指派或者选择改编一个小说、一个短篇或者一部电影的话，你的事业转折点就要来了。也会有一些吸引你的历史资料，或者一本纪实文学，又或者是一篇人物传记、一个你读到的真实的故事，这些会让你觉得它们会是一个很好的戏剧故事。

法律规定一个当代的作品在作者的整个一生及死后的50年间是受知识产权保护的。目前不受产权保护的第2005条规则请参考这一章结尾的图表。

如果你想改编的作品受到了产权保护，建议你和原作者的代理人联系，尝试拿到改编许可。

请记住，想法或者事实是不受版权法保护的。没有人可以拥有一个事实，但对于某个想法的特别的表达方式是受到保护并不容侵犯的。所以，所有的作者，在描述某个想法时语言的结构——一个词之后跟着的另外一个词，这些精确的位置是受到保护的。

讲到描写某个人的生活或者某个具体的事件，在你动笔之前，从牵涉的人或者他们的代理人那里获得许可是明智的做法。虽然任何人都有权利写一个关于任何公众人物的剧作，但按照美国戏剧家协会现任理事 Ralph Sevuch 的说法，诉讼官司日益增加，从对角色的中伤诽谤到删减了你描写的人物一生里的某个重要事件，方方面面的争论都有。因为你不是记者，你只是要改编一个真实的故事搬上舞台，所以你最好要清楚地知道自己所拥有的权利。

如果你对自己的主题或者权利心存疑虑，请和一位在戏剧或者版权法领域的专业律师联系。你也可以联系纽约的美国戏剧家协会，要求和一个能为你的法律问题提出建议的人对话。任何一个剧作家都应该加入这个协会成为其会员，并有权利在这些事情上得到协会的帮助建议。

虽然从目前的戏剧改编情况来看，在你的剧作生涯中改编的故事更有可能来自于真实事件，但我们会讨论基于虚构及事实两方面的改编。也许改编真实事件更为流行，因为它允许作者自己的激情发挥。来源于真实事件的改编会给原创性更大的机会，和改编自虚构故事一样具有挑战性。改编真实事件，你需要做研究、做访问，如何讲这个故事就完全取决于你自己。以事实为基础的原创剧本有更多的操作空间，不论它的基础是某个具体的事件还是你的故事发生的某个历史时期。这部剧作的根本在于你。

如果你想把一个短篇或者小说搬上舞台，你要做如下几点:

■ 读完小说或者短篇之后，写一个剧情发展的纲要。

■ 然后，列一个所有角色的名单。

■ 接着，在一张表格纸上，画出这个短篇或者小说剧情发展的上升曲线。主要的戏剧事件是什么?

■ 你会选择从哪儿开始? 是一个小说里已经有的地点? 还是创造一个全新的开篇?

■ 好好看一遍第三章《戏剧写作50问》，看看哪些问题已经有了答案，哪些还没有。

■ 再读一遍原作，你会删掉哪些材料? 为什么?

第二步:

■ 决定你会选择改编哪些情节以增加戏剧张力。

■ 决定你会保留哪些真实的角色，并考虑其可操作性。哪些角色你会保留，为什么？会不会删掉一些角色？哪一些？会不会合并一些角色？

■ 怎么做？

■ 构建一个新的剧情发展，包括你对于角色和剧情线的选择。

■ 大概知道你会在哪里结束，但要等到你实际写的时候再决定，这样你的角色会带着你走到结局。

要知道有些虚构的作品如果它基本上忠于原作的话也是可以改编之后搬上舞台的。如果是这样，你很幸运，但你会想问：为什么要唯独把这个作品搬上舞台呢，明明它已经出版甚至拍成了电影？舞台可以为一个别的媒介完成不了的作品做些什么？每晚不同的观众和表演？我总是把舞台想成一首乐曲，每一场音乐会——指挥、地点、管弦乐队都会给那部作品带来生气。

虽然把一部小说改编成电影更为普遍，因为电影可以表达场景和范围，以及摄影机可以通过特写镜头（利用的可能是小说里的段落）来将目光聚集到人物上，但仍然有很多将小说及短篇搬上舞台的成功案例。成功的舞台改编剧作有爱德华·阿尔比（Edward Albee）改编自弗拉基米尔·纳博科夫（Vladimir Nabokov）的《洛丽塔》，Ruth Goetz 和 August Goetz 的《女继承人》，亨利·詹姆斯(Henry James)的《华盛顿广场》以及最近Peter Parnell改编自约翰·艾文(John Irving)的小说*The Cider House Rules*。最经典的小说改编成戏剧的案例之一也许是斯坦贝克(Steinbeck)的《愤怒的葡萄》。

约翰·斯坦贝克发表于1939年的《愤怒的葡萄》是一部获得过普利策奖的小说。描述的是一个农民家庭从俄克拉荷马流浪到加利福利亚以寻找“乐土”的故事。乔德只是希望一家人能工作并活得有尊严。他们去往加州的充满着死亡和离散的艰难旅程的规模被逐渐扩大。有很多渴望找到有意义并且自己满意的工作的劳动力群体加入他们。这个家庭仍然在遭遇着某些团体和当地法律的侮辱、骚扰和迫害。他们一天一天地熬着，做那些“不得不做”的事情。他们的精神靠着“普通人”之间的互助友爱这一永恒的信念支撑着。

这个故事以经济危机时期干旱尘暴区的农民家庭的流浪为基础，是一部非常伟大的美国小说，也是斯坦贝克获得1962年诺贝尔文学奖的一个重要原因。这部小说1940年改编成一部电影并获奖。由纽纳利·约翰逊(Nunnally Johnson)担当编剧，约翰·福特任导演，小说和电影里的主人公汤姆·乔德由亨利·方达扮演。戏剧导演Frank Galati将小说搬上了舞台，芝加哥Steppenwolf戏剧公司1988年首次公演。1989年加州拉由拉市的拉由拉剧院以及英国皇家剧院都曾上演过这部作品。1990年该剧由Frank Galati执导在百老汇上演，并夺得该年东尼奖最佳剧作奖。

在路易斯·欧文斯(Louis Owens)的《愤怒的葡萄：乐土的麻烦》一书中，他讲到斯坦贝克所说的五个层面其中有四个是和《圣经》相对应的：

> 第一层是为了在乐土生存一家人奋斗的故事。第二层是人民的奋斗，流浪人民的奋斗。第三层是美国这个国家的故事。第四层，通过……对基督教、犹太人和《出埃及记》的影射，它成为了一部人类对他的同伴及其生活的地球的深层理解的探求的故事。[1]

这部有深刻寓意和内涵的小说给剧作家们提供了一个明确的挑战，因为小说以不同往常的表达方式用更长的篇幅展现了乔德一家的奋斗，内容非常翔实有力。这些章节就像希腊合唱团一样突出了流浪的男男女女们的抗争和挑战。事实上，音乐在小说中有非常显眼的位置，周六晚上在 Weedpatch Camp 的舞蹈之夜是主要冲突发生的地方。Frank Galati 利用了很多歌曲、音乐来讲故事，来表达场景的转换，以及乔德一家的场景。音乐还用来规范和限定舞台上的动作，例如，不断重复的音乐主题代表乔德破烂的卡车引擎。

这说明一出理论戏剧不仅仅是一连串的演讲。音乐、音效、

1 路易斯·欧文斯《愤怒的葡萄》、《麻烦之地（Trouble in the Promised Land）》（波士顿：特韦恩出版社，1989 年版）。

设定、场景和服装都是讲故事的一部分。剧作者需要考虑到这所有的因素，并且在剧本中说明推动故事情节发展的必要因素。正如 Frank Galati 在作者的笔记中指出的那样，Steppenwolf 曾在一个没有装饰的舞台上演过这出剧。Galati 还描写了 Kevin Roddon 的设计，一根长的水槽可以表示科罗拉多河，还可以表示一股流过棚车营的清泉，以及第二幕最后的暴雨。虽然装置很简陋，但观众不会不懂故事的走向，相反，他们的想象力正在充分发挥。

把小说改编成舞台戏剧的过程开始于对故事多层次的理解以及对角色身心两方面动机的理解。这就要选择一系列的戏剧化场景来作为戏剧和人物情绪发展的支柱。

剧作家一定要牢牢把握故事的情感，尽可能地了解小说发生的环境，包括时间和地点，作者的回忆录，如果可能的话，还有读者的观点。最后，剧作者还要决定删减哪些材料，有可能是整个场景，或者改变小说的发展。小说固有的特点就是它能尽情地发挥，无论是长度、描写、重复，还是内在的思想，它可能还有介绍推动故事发展并精巧设计过的角色和事件，但这些也许并不是故事的重点。它们是整个剧本框架里的装饰而非必要。

一些来自 Galati 剧本中的例子正说明了这一点。在小说的第一章，汤姆·乔德搭了一个卡车司机的顺风车，那位司机因杀人坐了 7 年牢，刚被假释，正在回家的路上。这介绍了汤姆和当时的时代背景（这名司机还因为顺路搭载违反了公司规定）。在第二章，汤姆在一条肮脏的路上行走正要回家的时候，遇见了 Jim Casey，他是一位牧师（虽然仍然有人请他帮忙但已经不多了），坐在树下。这引出了 Casey 和乔德的家庭背景，然后他们一起回家了。在电影中，故事的开篇是高速路上的一个公共汽车站，汤姆出现了，在肮脏的路上走着。而在戏剧的版本中，是以Casey吹着口琴唱着赞美诗开始的，汤姆走上舞台，两人开始对话。删掉卡车司机的部分并不会影响故事的发展，因为故事发生在汤姆和 Casey 之间。卡车司机之后没再出现，但是 Casey 却是一个重要的角色。

把小说改编成剧本，调整一些具体的章节以使剧情的主线更为合理是十分必要的。你可以自己对照着《愤怒的葡萄》的小说，看看你是否同意这些选择和改变，以及剧作是否保留了原始故事的主要支柱。

在开始把虚拟的故事改变编舞台戏剧的时候，我们最后都要被迫选择保留什么和谁，删除谁，增加谁。这个过程就像是一个重写的过程，你必须知道在你的改编中要有清晰的故事、冲突、解决方法、情绪、戏剧以及最终的变化。最后，你看着原作者讲故事的方法，并决定自己的方式。记住你的改编是“以它为基础”。你，剧作者，要决定是忠实于原著还是再创作。要一直尝试着从全新的角度看问题。作为作者，我们应该一直扩展延伸。就像大家所知的那样，拉伸你的写作肌肉。

而改编真实事件更为复杂，对我来说也更让人兴奋。因为我们不能总是写自己。更多时候，我们会渴望把所有可以利用的真实事件，就像是这么多片铁路的轨枕一样，组织起来构成一个故事的框架。有时候，研究就像是淘金，过滤之后变成一个丰富有内涵的故事。你就好像一个雕塑家，把给你的材料雕刻成形。如果写一个只是源自于你的想象的戏剧，没有人会提供素材。在改编中，你要从素材中寻找有价值的东西。

洛杉矶的马可·提泼(Mark Taper)剧院希望剧作家Peter Parnell写一出以物理学家理查德·费曼为原型的剧作。费曼写了三本书，都是由他的好朋友Ralph Layton编辑的。费曼去世之后，Layton还写了一本书，讲述费曼病重时发生的故事。当演员艾伦·爱尔达看了Layton的书之后，他被深深地吸引了，Parnell被要求以艾伦的形象为标准，以书的内容为基础写一出剧。

在《戏剧家》杂志的采访中，Parnell说道：

我开始将这本书戏剧化的时候，有非常多的场景，这些都很有趣，因为费曼是一位量子物理学家。但这不管用，主要是因为费曼没有很多秘密或者遗憾。我可以做的是将重点放在他生命的最后几年，和癌症抗争的时期。我想寻找一个有关道德的聪明想法应该会很有趣。这是贯穿每一稿的主题。好吧它们不是草稿是戏剧——一部有八个角色，一部有六个，还有一部只有两个角色。有一稿我甚至还创造出一个和费曼一起工作的年轻物理学家。

随着一稿一稿的修改，艾伦越来越沮丧。他很欣赏这个人物以及我做的一切，但他知道我们并没有抓住重点。在改了六稿之后，凭借我这么多年在戏剧、电视剧及其他项目上的经验，就在我打算放弃的时候突然意识到“为什么我不试试只有艾伦一个人呢？[1]

结果这出独角戏是费曼、Layton 和剧作者三个人台词的组合。它的成功和 Parnell 的勇气以及将复杂的人生浓缩到一个主要角色的正确选择是分不开的，也和他选择将重点放在费曼生命的最后几年分不开。这是关于选择的问题，正如你看到的，一种坚持。在创作过程中找到自己讲述故事的方式是最让人兴奋的。

从马克·吐温（Mark Twain）到田纳西·威廉斯（Tennessee Williams）到奥斯卡·王尔德（Oscar Wilde）再到丽莉安·海尔曼（Lillian Hellman）和玛丽·麦克卡尔斯（Mary Mikecarr），作家们一般都是舞台喜剧的主角。人们只能期望自己的生活充满戏剧元素。但事实上，我基本上没有遇到无趣的剧作家。有争议？是。浮华？是。自负？是。爱竞争？是。性格坏欲望多？是。好旅行？是。复杂的恋爱生活？对。颠倒

1 彼得·帕内尔“协会研讨会，你戏剧中真实的人物”，由拉夫尔·谢伍氏主持，来自《剧作家：美国剧作家协会会刊》2004 年 12 月刊，第 5-10 页。

的故事讲述者？是。爱冒险？对。活着？当然！戏剧化？毫无疑问！一些是我最好的朋友？一辈子的！

除了传记类的戏剧，还有讲述真实人物，只对他们的台词稍加戏剧化的纪实性戏剧。最近，作家杰西卡·布兰克（Jessica Blank）和 Erik Jenson 结合很多采访写了一出《无罪》（*The Exonerated*）。这是一部非常感人的长篇戏剧，并在文化项目的赞助下在纽约 45Bleecker Street 剧院上演并大获成功。这出剧的主题是讲述一个被判了死刑的男人，最终宣告无罪的故事。

在总结所有素材的基础上，作者们都认为尽可能地保留人物实际讲过的话非常重要。他们先搜集各种采访、法庭资料、信件、诗和其他的背景资料，然后再像雕刻家一样一步步筛选、剔除，这样保留下来的东西就能回答他们一直试图寻找答案的问题：法庭系统到底哪里有问题，以致会将无罪的人判成死刑？

他们在《戏剧家协会季刊》的同一篇文章中说到过这样的过程，这篇文章是协会的 Ralph Sevuch 采访编写的：

当我们第一次有这个想法的时候，我们做了一些调查，采访了大约 40 名曾经被判死刑，入狱 2 年到 20 年间的犯人。他们在法庭释放他们之前一直没有认罪。

我们录下这些采访之后，因为我们都是演员，所以叫来了一些演员朋友，把这些录音材料整理成文字资料。

我们有非常多非常多的素材，但只有 90 分钟的戏剧容量。

要在有限的时间中把故事讲得丰满，我们不得不把人物减到了6个。你去和每个人见面，了解他们被拘捕和定罪的过程，翻看他们的法庭审讯，去监狱里探望他们，然后了解他们无罪释放之后的人生。每个人都有一句内心独白，但故事是交织着的。从整部剧的结构来看，他们是互相联系着的。

要把这么大量的讲述压缩成一个很短时间的剧，特别是还有带证据的合法的讲述。这非常复杂，我们不得不把每一个案子都缩减到只留下精华部分。

问题是没有太多的激情，虽然这是一个有关生死的剧作。但我们很快意识到激情来源于观众，当他们在看这些无罪释放的故事的时候，这所有的死囚加起来已经入狱100年了。[1]

因此，改编真实事件，戏剧家的任务是成倍的。你不但要选择和压缩搜集的素材，以便在规定的时间内讲完，而且你还得遵守戏剧的普遍规则，包括角色、对话、冲突、逐步高潮的情节和完整的结尾。写一个纯粹原创的剧本，你自己创造各个片段。但改编的话，你首先得搜集片段，然后把它们变成一出剧。

雪莉·劳罗(Shirley Lauro)的《我的一片心》和艾美莉曼的《依然活着》[2]是两个讲述越南时代的记录式戏剧的案例。雪

1 杰西卡·布兰科和艾瑞克·杰森，“协会研讨会，你戏剧中真实的人物”由拉夫尔·谢伍氏主持，来自《剧作家：美国剧作家协会会刊》2004年12月刊，第5-10页。

2 艾米丽·曼，《继续生活：纪录片（Still Life: A Documentary）》（纽约：剧院交流协会，1979年版）第70页。

莉·劳罗的剧于1991年在路易斯维尔演员剧院开幕，首次公演则是在纽约曼哈顿戏剧俱乐部。这出剧是以服役于越南战争中的护士们的采访和基斯·沃克(Keith Walker)同名书里记录的采访为基础。沃克采访了26位曾在越南服役的美国女性。在劳罗的剧里，她讲了6个故事，一些地方用的是这些女性实际讲过的话，有些则是她自己的。劳罗保留了原始采访中的故事，但是经过压缩调整之后变成了一部感人至深的戏剧，在这个国家快餐式制作的剧集中独树一帜。

艾美莉·曼的《依然活着》1981年在纽约美国Place剧院首次上演。这出剧源自曼自己于1978年夏天对她在明尼苏达见到的三个人的采访，大部分的篇幅都直接取自这些采访，包括一位前海军陆战队的越南兽医和他的妻子。

《依然活着》由戏剧家制作服务中心出版，以下是这出剧的结尾部分：

马克：（马克指着他的照片，一片黑色的背景下有一个橘子，一个破了的蛋，中间是一个手榴弹。还有一些新鲜的面包，趴在水果上的苍蝇。从远处看，就像一幅普通的生活景象。）

我的伙伴都被炸死了，我们被强攻了。海军陆战队给你送来这些食物、新鲜的水果、面包作为你遭遇重大损失的一个补偿。我能说什么？我还活着——我的朋友没有。我还依然活着。我不知道我在做什么。

那次演出我在现场。我想起在演完的时候剧院里有很长时间的静默，好像会那样永远地沉默下去。我从来没在剧院遇见这样的情况。观众好像完全沦陷了。艾美莉·曼坐在我的后面，眼泪流了下来，但她没有哭出声。然后就是潮水般的掌声。这是我迄今目睹过的最棒的一出剧。艾美莉也继续写了很多基于事实的极具政治意义的剧作，其中包括获奖的《公正的死刑》。这部剧是根据乔治·莫斯康(George Moscone)和哈维米尔克(Harvey Milk)的暗杀发生时的采访记录和庭审记录改编的。虽然《依然活着》是基于作者自己的采访，但艾美莉·曼和雪莉·劳罗面临着一样的任务，就是把素材压缩整理成一出感人的戏剧。

《关塔那摩》《欲望的九个部分》和《拉勒米项目》是当代纪实戏剧的代表作。维多利亚·布里顿(Victoria Brittain)和吉莉安·斯劳(Gillian Slovo)的《关塔那摩》以关押在关塔那摩的美国监狱里的犯人的口述材料为基础。伦敦三轮车剧院的尼古拉斯·肯特(Nicholas Kent)首次提出了这个想法。在剧中，作者将个人的故事、法律观点和政治上的争辩编写在一起。囚犯的讲述都是直接取自他们的演讲、独白或者家信。我看的文化项目那个版本的演出中，囚犯们住在隔间中，不能互相交流，强调一个隔离性。作者在这个戏剧化的过程中完成的是囚犯的个性，或者“别人的”。

希瑟·莱佛(Heather Raffo)是伊拉克裔美国人。她的《欲望的九个部分》源自伊拉克女性的采访。采访从1993年到2003年，因此这出剧跨越了萨达姆专制政权统治下的30年。还有在第一次海湾战争中人们受到的伤害痛苦，这些都让我们反思目前美国在伊拉克的战争的可怕。这部剧给我们呈现了9个个性完全不同的伊拉克女性，她们不仅和传统压力做斗争，还要承受战争的痛苦和幸存的内疚。这出剧的标题是莱佛从澳大利亚记者杰拉尔丁·布鲁克斯(Geraldine Brooks)的一本书中选取的，那是《古兰经》的一句名言“真主把欲望分成十个部分，他把九个给了女性。”这句谚语常常被伊斯兰教的女性引用为修道院的教义。《欲望的九个部分》于2003年在爱丁堡大学艺穗节首次公演，然后去了伦敦的布什剧院，并且在2004年来到了纽约的百老汇。

莫伊塞斯·考夫曼(Moises Kaufman)和斯蒂芬·贝尔波(Stephen Belber)的《拉勒米项目》是一个具体事件：怀俄明拉勒米马修·谢帕德(Matthew Shepard)的死。马修·谢帕德是怀俄明州立大学的一名21岁的学生，1998年被绑架、毒打，最后被发现死在一个小树林的围栏上。证据显示因为他是同性恋而受到了凌辱。

考夫曼、贝尔波和构建剧院项目的成员在事件发生一个月之后去了怀俄明州。他们录下了很多人的话，请那个地方的人们说他们想说的话。有些人谈到了同性恋，有些人谈到了基督教义，还有人说到了受到责备的同性间的感情以及拉勒米的生活方式。这个地方本身成为了这出剧的一个角色了。

这一群人去了拉勒米六七趟，不确定哪些材料可以用。作者们基本上是一字不差地将采访和庭审材料放进了剧中。因为在写作过程中，有两个疑犯说了谎话，结果那一部分就不得不删除。他们能采访疑犯的家人朋友，但不能得到他们的签字认可，因为他们认为这部剧除了宣传同性恋一无是处，所以那些访问也不能用。结果就是作者们写了一个在任何社区发生悲剧产生的影响。如果剧中有要讨论的问题的话，它是“这是如何发生在这里的？会发生在任何地方吗？”

有趣的是，在美国日前的选举中，作家们有时会被批评，无视他们的好意，把那些“地域”放在聚光灯下。戏剧上有一个趋势，就是将社会上不复杂的人物看作“没有得到的那群人”。2004年美国选举的结果，大部分红区把票投给了小布什，选KERRY的聪明人，《拉勒米项目》以及它的观点都值得再次审视。

我写过两部需要广泛调查的剧作。第一个《小代表团》的精要部分和过程在第十章讲过了。那部剧来源于我在中国教书时发生的真实事件。剧中的人物都是与真实人物结合而来，剧情是我想出来的。这部剧历时一年的调查研究，关于后“文革”时代，我需要了解“文革”的历史以及导致其发生的事件。在我动笔之前，我还采访了很多位经历了“文革”的人，试图记住我在中国时的所闻所见，阅读每一本我能找到的书——小说、短篇、纪实或者诗歌——这些都跟“文革”有关，是中国历史的一部分。只有我对这段历史足够了解才能真实地描述20世纪80年代末的中国，才能使其具有意义。研究的书籍被我称作“中国项目”，放满了整整两个书架。

目前我正在写一部关于南非的剧作。第一幕发生在种族隔离时期，从1948年到1986年。第二幕从1986年开始，持续到曼德拉当选总统（1994年），以真相与和解委员会的审讯告终（1998～2000年）。

剧本的原型是一位南非女性海伦·利伯曼(Helen Lieberman)，讲述的是关于她和一群科萨祖鲁女性一起组成了名为Ikamva Labantu的草根组织的斗争故事。这个科萨语的意思是“国家的未来”或者“国家的漏洞”。这也成为了这部剧的题目。

我听到的这个故事实在是一个挑战，因为它跨越了60年，并且有成百人的故事。素材都极具戏剧性，也存在我创作《小代表团》时面临的一样的政治问题。

资料的搜集得益于我的一位朋友大卫·芬尼(David Finney)，他是纽约社区大学的一名系主任。他赞助了我一系列关于南非的讲座，包括Antjie Krog，《我头颅的国家》(Country of My Skull)的南非作者的，以及T的很多工作。因为Antjie是个剧作家，他认为我可能有兴趣听他演讲，但他还有别的想法。

讲座之后是为Antjie和一些南非学者举办的晚宴，大卫偷偷告诉我，“坐在杰奎琳·贾菲(Jacqueline Jaffe)教授和罗尔夫(Rolf Wolfswinkel)教授旁边。我觉得杰奎琳应该有一些很适合改成戏剧的故事。”吃饭的时候她告诉了我那个故事，我被深深吸引住了。

贾菲教授是纽约大学英国文学的学者，去过南非做项目。她在那儿的时候听说了关于一群了不起的女性的故事。在南非她还爱上了罗尔夫教授，他是南非大学研究大屠杀的领导学者。之后两人结婚了，他把事业转移到了纽约大学。罗尔夫在种族隔离时期和T都住在开普敦，这对我的资料收集来说是非常宝贵的资源。

这都是怎么来的呢？首先，我被安排和海伦·利伯曼在纽约见面，获得她的许可。我们很快就联系上了，她祝福我，并给了我一个告诫。这出剧不能只有她，还应该有她的同伴。我向她保证，然后研究开始了。

几个月以来，我去了开普敦，在那儿与海伦和她的家人住在一起，并且接触了许许多多与种族隔离抗争过的人们。因为海伦在后种族隔离时期的南非依然活跃，我也可以每天跟着她去边远的城镇，研究海伦成立的很多项目。这包括艾滋病中心、老人关怀项目、学前项目、孤儿院、盲人项目、运动项目以及一个小小的工厂，那里有很多女性、残疾人，缝制毛绒玩偶和动物，销往全世界以支持基金会帮助成千上万需要帮助的人。

在开普敦我录了超过50个采访，把他们都加到杰奎琳·贾菲写的一些有原始记录的采访中去。我还采访了在种族隔离统治时期活跃过的人，以及一些真相与和解委员会的成员。

有了这些采访资料，我回到家，把它们誊写出来开始阅读。就像那个关于中国的戏剧一样，我把能找到的有关南非历史的书都找来，还有种族隔离时期的个人日记，包括曼德拉被关押在罗宾岛时写的；有关 T 的书和纪录片，包括艾利克斯(Alex Boraine)的《一个没被掩盖的国家》；以及关于国际真理运动的书，包括帕特丽夏·海纳(Patricia Hayner)的《没有说出的真相》。

另外，我还查阅了国会图书馆的相关资料和南非法院的文件。我读的时候，会把每个文件中的要点总结之后写在一张大的索引卡片上。

6 个月之后，我回到南非完成所有的采访。1 年之后，2004 年 5 月我住在意大利的贝拉焦，在洛克菲勒学院的 Serbelloni 的别墅开始组织并撰写剧本。两箱笔记和两箱书已经提前邮寄过去，我到的时候它们已经严阵以待了。

至此，一些框架开始形成。我做的第一件事就是在一张大白纸上画下了横向的历史时间线，并把它钉在我的书房墙上。然后决定主要角色是谁，哪些角色是我采访的那些人的结合体。

接下来我决定跟随六个主要角色的故事，在所有采访的基础上把一些真实故事结合起来。于是我把所有的采访通读了一遍，标出了每个采访的重点。现在我可以给六个主要角色写各自的独白了。这些独白最后都会被用在剧里，在各种不同的场景里。

下一个任务就是在时间线上标出每个故事。我知道我应该将这些片段都拼起来，就像镶嵌画那样，以 Helen 作为开端，然后讲述每一位是如何进入她的生活直到她们一起组成了这整个故事。我想要寻找一条主线，一条吸引她们到 Helen 和她所从事的工作那儿去的主线。我找到了。她们都说过自己无法再忍受种族隔离下的残暴统治。她们不得不做点什么。

然后我用不同的颜色代表不同的人物，标出和每个角色有关的研究。并把某个特定时期也标上颜色，再一次通读了所有的采访和研究资料，重点标出了与这些时期这些颜色相对应的信息。然后我有了第一幕和第二幕的大纲，我要开始了。

很长一段时间我都能听到这部剧的第一句台词在我脑中回响。那应该是海伦的，她会这样开始“这不是一个关于我的故事。要知道。每一位女性都是非洲的母亲”。有了这个之后我开始写第一个场景，这实际上就是整部剧的精髓。海伦站在 Groote Schuur 医院的台阶上，手里抱着一个死去的黑人婴儿。就这样，角色们一个一个登场，开始为我写接下来的场景。有时候会跟随大纲，有时候则不会。我知道第一幕的最后一个场景是什么样的，也知道这部剧的最后一个场景是什么样的。在贝拉焦，我完成了第一幕，现在正要完成第二幕。

这个过程就像个巨大的拼图，把所有的碎片放到合适的位置以形成一个协调感人的故事是让人兴奋喜悦的事情。这部剧是那些人和事，舞台上的改编也是。我们所有的抗争都如英雄般，可以感动生命中的任何人，因为剧作家就是天赋。

这是2005年春天在纽约大学悌西艺术学院的关于改编的讲稿。编入此书时做了简单的修改。

美国版权有效期及更新期一览	
版权日期	**版权有效期**
1923年前出版或注册	版权失效，作品不受版权保护。
1923年~1963年期间出版或注册	从版权日算起的前28年是第一时期，如果提交更新材料更新期限为67年。期限为95年，如果没有申请更新，版权失效。
1964年~1977年期间出版或注册	从版权日算起的前28年是第一时期，自动延续67年更新期。期限为95年。是否更新可选。
没有出版或注册过的作品	作者的寿命加70年。如果在1978年前一直没有出版，在2002年12月31日前都有效。如果在2002年12月31日前出版，版权有效期至2047年12月31日，不考虑作者的死亡时间。
1978年1月1日（含）起创作的作品	作者的寿命加70年。不能申请更新。
1978年1月1日（含）起合作的作品	最后一位作者死后的70年。不能申请更新。

1978年1月1日（含）起以匿名、假名和被人雇佣的形式创作的作品	从出版之日起95年或者创作之日起的120年，以先到的为准。
*请注意，在1978年前未经出版或注册的作品，版权有效期最早到2002年12月31日。	

本章练习

1. 选择一个被改编成电影和舞台剧的虚构的故事。比较原版和两个改编版本。哪个更好？为什么？

2. 读一个礼拜的报纸，找一个你感兴趣的故事。需要哪些研究？这些是否让你感到兴奋？然后，知道吗？你已经在路上了。

3. 选择一个事件——现在的或以前的——能激发你好奇心的事件。要记住大多数的改编都是因为作者善于挖掘秘密。你通常都是要靠写东西来找到为什么这些事情要发生，它们是怎么发生的。首先，隔离你想问的问题，然后寻找可能提供答案的线索。在现今的时代，研究很容易……从谷歌开始吧。

12

剧本写作的行为准则：我所知道的事实

最近我作为编剧专家受邀选择受款单位。在一百多份申请中，我们得给每一位剧作家排名。最后领跑者是谁已经很清楚了。我在想那些排名不靠前的剧作者们，他们的共同点是什么？我想了想，那些把没能让他们成为成功剧作家的因素，那些毁了很多戏剧的因素，都有一些普遍的错误：

1. 过于啰唆——只是重复的牢骚。
2. 缺乏原创性和预见性。
3. 思路不清晰。这部剧在讲什么？
4. 糟糕的对话。平庸、老派、单调、普通，每个人物没有鲜明特征。
5. 不丰富。
6. 缺少戏剧冲突。
7. 完全没有可挖掘的角色。
8. 保守——没有挖掘戏剧中可能爆发冲突的瞬间。
9. 缺少重点——恨不得一次写10个故事。

10. 太早定稿。懒惰。没有努力再写一稿。

那些确实排名顶尖的剧本，虽然主题不同，但都有一些共同的特点：

1. 原创性——一个以前没有人注意的新鲜想法。
2. 精炼。整个剧本没有一处多余。
3. 精彩的对话。独属于角色的对话——个人的观点。
4. 清晰的重点和主题。
5. 和时代相关富有话题性的主题，即使是在历史背景下。
6. 能量！
7. 主线至少有一个鲜明的角色和他的故事。
8. 感动读者/观众的能力。
9. 故事的趣味性——你很想知道接下来发生了什么。
10. 戏剧性——一个可以成功地搬上舞台的剧本。

这么多年在各种各样的评委会里审阅剧本的经历让我总结了一些剧本写作的行为准则。

总有一些奇怪的剧作不注意任何规则，脱离剧本和舞台。记住这些很重要。如果我想做什么，那么想象力、才能和热情都是真实的，尽情地发挥。说到底，这都是原创性的来源。

我的第一部长篇剧作叫《飞马》。初次公演是在蒙大拿大学，我是那儿的常驻剧作家。那部剧讲的是一个完美主义的医生，他能挑出家里每一样东西的毛病。他退过20台冰箱，25台电视机和30个床垫。实际上，这家人睡的床垫都还用塑料袋包着，以防它要被退掉。在工作中，那位医生也是为了避免哪怕是最小的不完美，对每一位病人做每一个能想到的检查，不计代价。有一天，医生的一个病人因为可疑的原因（也许是那些检查造成的）死了，同事举报了他，他的行医执照被吊销。那部剧是个有严肃结尾的荒诞喜剧。我想，“如果有人会把家里的每件东西都退掉的话，那他们最后会失去一切。”

因此，首次在蒙大拿上演的时候，根据剧本，第二幕，表演在舞台后部，两个穿白大褂的一直在走动的男人撑起了这一整幕。

下一次演出的时候，导演/戏剧编辑跟我说第二幕毫无意义。他说那不现实。没有人明白那些动作。因此，作为一个年轻的剧作者，我有责任重写第二幕，把它写成了合理现实的一幕。我和谐了它。那次演出过了很久之后，我把新的剧本拿给我的朋友兼同事(Zelda Fichandler)看，他问道："那个精彩的第二幕去哪儿了？解构的那部分在哪儿？"是我把自己剧作中的原创性抹除的。再审视自己之前第一次产生的灵感是有些价值的。

以下是戏剧写作该做的事项：

1. 创造有魅力的角色。他们必须真实。剧作家一定要投入到角色的情绪中。忠实于每个角色的灵魂。你得知道每个角色在每个瞬间感受到（同时会说）什么。通过每个场景给每个角色画一条情绪线。

2. 观众一定要关心角色。什么是“关心”？就是我们对他或者她身上的事情非常感兴趣。在情节发展的过程中通过挑战和挫折来表明。

3. 让观众看到角色的缺点、弱点，以及对他们选择的影响。我们的选择是因为我们的道德观，通过表演搬上舞台。

4. 一定要有危险的事发生！然后，又会发生更大的意想不到的事情。让你的角色在危险面前暴露他们隐藏的害怕。

5. 主线清晰。一部剧只能有一条主线，所有的发展都来自那条主线。

6. 必须精练，体现在每个句子、每段独白、每个场景中。

7. 总是让情节感人。如果有一手掌宽的对话，但什么都没发生，删掉它！如果在一个感性的瞬间说出了一段即兴的话，这可以接受甚至很有必要。密集的对话除了让情节模糊，观众流失外一无是处。

8. 喜剧通常来源于现实，找到自己的方法让它变得疯狂。

9. 给你的角色设定目标。然后在他们达成目标的路上设置障碍。这就是冲突。没有冲突就没有戏剧。然后确保你的主要角色能面对这些冲突。

10. 给你的主要角色克服那些冲突的时候增加一些难度。

难度越大，越是伟大的悲剧。

11. 每一个场景都应该有具体的情节。给每个场景取个标题来反映它的主要情节和情绪。如果有些场景什么都没讲，要么就是你不知道角色们想要什么，要么就是你没听到角色的声音。

12. 关于经历你写得越具体，你的作品就会变得越大众。

13. 根据社会学家亚伯拉罕·马斯洛的人类需求五层次理论来设置角色的需求。从基本的生理需求开始：食物、住所、性，然后是安全、社会地位、尊重，到最高层次的自我实现。你的角色缺少了什么？缺少的就是你的角色需要追求的。它们构成了欲望。

14. 戏剧一定要有开头、高潮和结尾。开头节奏要快，中间部分应该让人兴奋，结尾必须完整或者能表现出戏剧的完整性，是随着情节的高潮部分发展而来的。

15. 确保主线清晰。在整部剧里能追溯起因和结果。

16. 明确转折点。那些通常都不是重要的时刻——通常被看似平常不易察觉的事件所掩盖。“人生在迈向成功的路途中会有潮起潮落。那些被忽略的，人生的旅途是和阴暗悲惨联系在一起的。”（莎士比亚《朱利叶斯凯撒》）

17. 敢想。

18. 有勇气告诉人们真相是什么或者可能是什么。奥地利作家彼得·汉特克（Peter Handke）说：“很少有人有勇气去寻找真相，更少有人有勇气讲出它。”

19. 做他们想让你做的事情，去他们想让你去的地方。就是说艺术指导和制片人会“得到”你的剧本，你不需要努力去获得许可。当你从开始就知道自己被需要，这会促使你好好工作，让你乐于倾听其他人关于你的剧作的意见。在彩排前和彩排中修改那些比较难的台词。

20. 给自己划定期限，并把他们记下来，严格执行。有个好办法是为将来的见面办一个阅读会。约上你认识的演员，在你家或者朋友家办。提前一周把剧本交给演员。邀请一些值得信赖的同事。这样你就能给自己一个期限了。

21. 重写！重写！重写！写完第一稿，请一位信赖的同事看过之后，第一次阅读会之后，成为完整的作品之后，第一次公演之后，下一次演出之前，出版之前，在你确定这是你能写出的最好的剧本之前重写。然后，像摩西（Moses）那样，打开门，带着你的剧作去它要去的地方。

下面是戏剧写作不该做的事项：

1. 不要因为某个时下流行的话题或者某个可能会有制作人感兴趣的内容来写剧本。

2. 不要写一个仅仅是你觉得“重要”的剧本。

3. 不要自我沉迷，认为自己的每个想法都很聪明。

4. 不论是通过人物传记还是写作经验，直到你对每个角色都有把握的时候再坐下来写剧本。

5. 除非你有至少两个小时不被打扰的写作时间，否则不要开始你的第一稿。就像游泳运动员入水前要热身一样，你每次开始写都需要时间让自己进入剧情。

6. 写作过程不顺利的时候不要放弃。要清楚没法搬上舞台的想法和不能抓住想象力的想法之间的区别。比较而言每部剧都有困难需要解决。大多数问题需要长时间的反复思考，遇到死胡同的时候，只能转身回到起点，尝试第二条甚至第三条路。

7. 不要写一个演出时长超过两个半小时的剧本。（事实上应该控制在两个小时内）。观众不想坐在剧院超过两个小时，除非你是莎士比亚。我知道目前有些剧作家的确有三个小时的剧作上演。然而我的经验是，大多数的三小时剧作需要一些编辑。那些剧作家常常自己做导演或者有一位不敢坚持编辑需要的导演。

8. 如果你还对自己的剧作没做到一清二楚，那不要开始写作。大多数剧作家成功的原因是他们的作品提出问题并尝试找到答案。

9. 如果没有激情、愤怒或者好奇心不要写剧本。

10. 不要写一个连你自己都不明白的故事。

本章练习

1. 确定一个你认为“好”的剧本，而非你自己都不想写的。为什么要（勉强自己）？

2. 确定三个剧本，无论是10分钟的短剧，独幕剧或者长篇。它们当中的哪个你愿意和同期的剧作家交换呢？你把这三个本子给那个剧作家，他把他的给你。如果其中有你不想交换的，说明原因。这能让你发现你喜欢那个本子的地方。这会带给你创作的激情。

3. 写一段没有冲突的场景。看看有多无聊。

把下面的场景用两种方式演出来：

A. 一个女人在火车站候车室等车。她在看书。一个年轻男人在她身边坐下并试着和她搭讪。她孤独、单身，乐于这种搭讪。

B. 一个女人在火车站候车室等车。她在看书。一个年轻男人在她身边坐下并试着和她搭讪。她订婚了，在等她的未婚夫。他们这是第一次要去见他父母。

你很快能发现场景A也许很抓人，但没有冲突地这么发展下去。年轻男女想的都是同样的事情。场景B因为有冲突，他们的行为就会有所不同。年轻男人试着得到那个年轻女人，而年轻女人在尽力躲避那个男人。在所有的可能性里，他们中的一个最终会离开那个场景。

13

批评

在剧院里除了剧作家自身，没有人比戏剧批评家更会说坏话的了。《纽约时报》上的对于纽约新开幕戏剧的评论可以创造或者毁灭一部剧和它的剧作者。这一点都不假。在我的印象里，没有剧作家不害怕、讨厌以及不信任那家报纸的评论家，因为他们的批评既公正又能影响剧作的未来。

还有一些人号称自己从来不看评论，这样的话，他们缺少了批评家给剧作者带来的喜悦和悲伤。在编剧界，有一种流行的说法是如果你相信那些好的评论，你也不得不相信那些差的。也有一些剧作家，他们希望得到关于自己剧作的具体的批评，因为他们相信在这么多的评论中，这样的批评很有利，或者正相反——一个批评家如果不理解你的工作，那么每次他评论你的剧作会有十分之一的机会说中。

有一些剧作家尝试跟随评论家的节奏。这距离就像我们理解复杂的数学理论那么近。人们可以根据性别、种族、性取向和主题来增加某个批评家喜欢的剧作数目，然后计算一些有意义的数据。比如，记录有多少戏剧发生在被一位批评家称为“家庭式”的厨房，有多少现实性的戏剧受到过批评，这些也许会比较有趣。就我个人而言，我不沉迷于此，但我的数学一向不好。

我选择的批评家是埃利奥特·诺顿(Elliot Norton)，他为*Boston Herald American*和*Boston Globe*写评论，是一位很有名的美国戏剧评论家。这个男人，接受的是哈佛的教育，有着波士顿婆罗门(Boston Brahmin)出众的基因，成长于比肯山(Beacon Hill)，个子很高，一头惊艳的白发，严肃却不失绅士作风。他的评论很睿智并富有建设性，不自命清高，也不迎合当下的品味。剧作家们看了他的评论会想重写自己的剧本，会发现问题所在。诺顿先生尖锐而又见解深刻，并且他总是很正确。他既保全了剧作者的面子，也让他们尊重批评。我想这是因为他没有那种玩弄自己语言的自负。他唯一在乎的只有一件事——美国戏剧。

很幸运，他是我的第一位戏剧写作老师。那时候他在波士顿大学教书，在听说我在音乐滑稽剧的第一个尝试之后，私底下毫不吝啬地教给我很多。在他的指导下，我写了自己的第一个真正的戏剧，关于大屠杀的*Rousing Up the Rats Again*。当我在两个月内将完整的剧本交给他的时候，他只是摇了摇头。太快了。他建议我把戏剧当作一个孩子，直到它准备好迈入这个世间。正是那部剧让我敲开了布兰迪斯大学MFA课程的大门。

在布兰迪斯的时候，我只制作了一系列独幕剧，埃利奥特·诺顿在*Boston Globe*上写了评论。我记得他的评论指出了这些剧目的长处以及支撑它们的地方。正是从埃利奥特·诺顿那儿，我学到了建设性批评温柔的艺术，换句话说，就是有用的批评。当这一切结束的时候，我在波士顿的一个剧场和他见面。幕间休息的时候他告诉我："最后一句，你完成一部剧的时候，忘记它，开始下一部，永远，永远不要停下来。"我尝试过接受这个建议。

剧作家记得那些关于他们作品的形形色色的、好的、过分的评论——如果他们看的话。但是，我们中没有人不可以逐字逐句地背出自己的作品收到过的最差的评论。从某种意义上来说，它们在我们的骨子里。

在准备些这本书的时候我翻阅了自己的论文，看到 1982 年 8 月我给《纽约时报》康州分部的戏剧批评写的一封信。这封信是对他关于我在康州沙伦剧院上演的《荒漠》一剧的评论做出的回应。信的内容如下：

1982 年 8 月 15 日

致《纽约时报》康州戏剧评论部

亲爱的批评家：

关于您目前在《纽约时报》康州版上对于我的剧作《荒漠》的评论，我为您的麻木不仁而感觉受到了冒犯。当然您一定认为我们这些正在成长中的剧作者真的很有勇气出来献丑，不带感情打开您周日早晨的评论，可没有朋友、家人以及同事会看这篇《荒漠是个渣》。有很多剧作家宣称自己“哦，我从来不看那些评论”。但我会，因为也许我可以从里面学到点什么。很遗憾您没有看懂我的作品。

您的评论毫无建设性，粗鲁而毫不体面。当然，一部被评论为与时俱进又有思想的剧作，足以获得NEA，它的光芒是掩盖不了的。

虽然我的确尝试不要太过于主观，但我到底是个人。因为您毫无益处的羞辱，深深地伤害了我的家人和我。

然而，幸运的是我又回到了我的写作台。请不要再来评论我的任何一部作品。

您诚挚的

珍妮特·耐普瑞斯

我从来没寄出这封信。但一直将它密封放在我的抽屉里。

1980 年《荒漠》首次由匹兹堡公共剧院制作推出，1982 年是康州沙伦剧院，1985 年是纽约的曼哈顿妙语剧院 Punch Line Theatre，那是一家致力于推广喜剧的剧院。那部剧在纽约受到了广泛好评，并在 1999 年由 Broadway Play Publishing 出版。

本章练习

观看三场戏剧演出，给每一个都写具有建设性的评论，赞扬他们的长处，并问一些可能帮助剧作者重新审视他们作品的问题。写一个鼓励又不失公正的评论。

14

剧作家的教育

我确信，如果有人能有惊人的勇气讲述真实的赤裸裸的自己和他人，那他就能够成为一名伟大的剧作家。而他真正需要的全部仅仅是一点语言文字技巧以及敞开心扉、释放灵魂并解放身体的愿望。但是很少有人知道这个事实，也很少有人有这种艺术上的意图以及勇气。

——克莱夫·巴尔内斯，《纽约时报》戏剧评论家

拥有观察和讲述一个故事的热情和勇气仅仅是个开始。T.S 爱略特在他的散文《传统和独有的天赋》[1] 中讲到：任何艺术领域的诗人或艺术家孤立起来都没有完整的意义。他继续说到，一个完整的顺序要在银幕上新作品诞生前安排好。因此，对于作者的教育是要培养他们在动笔前要有对于所有文字和历史的意识。创新要依靠历史背景再进行创造。毕竟创新意味着填补原来并不存在的那些空白。

有一个关于南方作家弗兰纳瑞·奥康纳的故事。她进入艾

1 T.S. 艾略特，“传统与独特的天赋”来自《被雕刻的木头：关于诗歌和评论的散文，1922 年版》，请查阅：http://www.bartleby.com/200/sw4,hml.

奥瓦大学写作系工作，并要去见保罗·安格尔教授，他是一位诗人。她开始与教授交谈时非常激动，在格鲁吉亚偏远地区的演讲上，他很难理解她的意思，“来”，他说，同时递给她一小摞纸和一支笔，“把你想要的都写下来吧。”她写到“我是弗兰纳瑞·奥康纳，在这所大学的另外一个部门工作，我不开心。我是一名作家。”她没有写“我想成为一名作家”，而是写了“我是一名作家”。

天赋是天生的，但是写作的技巧是需要系统的训练以及需要剧作家的启迪的。在纽约大学属下的帝势艺术学院，对于剧作家和编剧的教育包括一系列先进的密集写作工作室，除了大量的对于美国、欧洲、拉丁美洲、亚洲和非洲文学研究课程的文科部分，还要学习历史、哲学、艺术史以及语言的课程。此外，还要求学习生产及批判性研究。

在写作项目中的老师需要指导写作技术，帮助确认支持，并且刺激引起学生们的战斗意识。在写作工作室中，老师就像是急诊室中的医生。患者们来到这儿，带着他们各自的历史和人物的作品——人物，情景对话，场合，情节，所有自身的强项及弱点。我作为教练的任务，就是检查每个作者的作品，判断其中独特的架构，然后确认并鼓励作品中好的部分同时找出存在问题的地方。在写作工作室里，我们讨论关于现在需要做什么不需要做什么。这个不是批判，而是一种专业的意见。如果这听起来像临床医学，那它就类似于拔除有问题的刺一样，清除写作作品中自身的毛病。

在写作和对 25 岁左右学生的教学中，如何展开一个故事的神秘过程，在大量的问答中对我来说变得越来越清晰了。她是如何到这里来的？他为什么会出现？他们从彼此想要得到什么？毕竟一部剧作是作者对于所有事情的不断质询，并试图去探索出答案。

我们作为老师，常常觉得自己像是一个带着孩子的家长。只要我们能和学生们在一起的时间更长一些，我们就能做得更好。我们所希望的就是每一位作者对于每一个剧本都能有同样的感受，只要我们能再重新写一次，也许作品就能更近乎于完美。

一个关于毕加索的故事是这样的，曾经他已经完成了一幅画作，并且已经不再继续创作了，他都必须要仔细地观看这幅画。在拥有他画作的画廊里或者朋友的家中，他都会安静地原谅他自己，并且从包里拿出一包画笔，继续重新再画一次。

我们能教给我们的作者的就是要拥有最真挚的情感，鼓励他们相信自己心中的蓝色或者红色就是最独特的颜色，拥有自己的信仰。当作者只有自己的视线和语言，没有任何鼓励，他们依然拥有钢铁般的意志，坚信自己。

弗洛伊德说过，生命中最重要的两件东西就是自尊和快乐。我敦促我的学生们，要尊重激起工作热情的本能，也要在过程中找到快乐。

我18岁担任纽约大学帝势艺术学院戏剧创作系教授时，辅助过两位主席：约翰·布拉德马斯主席和杰伊·奥利瓦主席，也曾辅助过两任系主任：大卫·奥本海姆院长及玛丽·施密特·坎贝尔院长。那个时候大学有形成时期和膨胀时期，艺术学院和我们院系也有，本科阶段和研究生阶段同样也有这段时期。在那个时候，我们训练着未来的美国年轻的主流剧作家。无论现在新作品什么时候被创作出来，我们训练出来的作家都是走在最前列的。

由于我们位于纽约市，因此很幸运地吸引了一些顶尖的剧作家作为我们的教员。这么多年来，当过教员的优秀作家们包括了托尼·库什纳、泰德·摩泽尔、约翰·格尔、马歇尔·诺曼、亚瑟·寇皮特、蒂娜·豪、雪莉·劳罗、泰伦斯·麦克纳利、艾尔弗雷德·阿哈里、温迪·瓦瑟斯坦、迈克尔·威勒、保罗·塞利格、爱德华多·马查多、伦恩·詹金、理查德·卫斯里、伊丽莎白·迪格斯、林恩·阿尔瓦雷斯、朗尼·卡特、莱斯利·李、加里·加里森、麦克·威尔曼、玛丽亚·艾琳·福恩斯、兰福德·威尔逊、大卫·艾夫斯、尼尔·贝尔、戴维·格林斯潘和已故的哈里·康多累昂、斯图亚特·布朗，以及维纳布尔·赫恩登。在2004年，我们曾经的学生道格·怀特，也是现在的普利策奖得主、托尼座位客座教授回来领奖。

我们系最近通过两位十分慷慨的捐赠者和支持者重新命名，他们也是年轻的作家。众所周知，从2003年的秋天起，就正式更名为丽塔和波顿·勾德博格戏剧写作系。钟爱剧院的丽塔和波顿·勾德博格有一天给我打电话说“我们想帮助剧作家们。我们可不可以过来提供一些钱用来帮助剧作家们呢？”我十分惊喜，我没有用直升飞机去接他们过来呀。他们的到来不仅带来了勾德博格奖学金、勾德博格读物、勾德博格戏剧竞赛和产品，还有勾德博格客座教授职位和丽塔和波顿·勾德博格剧院。剧作家教育的其中一部分还包括寻找那些愿意提供财务和感情支持，帮助正在成长中的作家们的人。

在 1996 年对帝势艺术学院戏剧创作系系主任的报道中我这样写到：

在创建培养年轻剧作家的大学至关重要的院系中，有三个关键的因素：

- **教什么——课程**
- **谁来教——教员**
- **谁在学——学生**

一个院系即使拥有强大的课程体系，也要像自己的教员那样好。因此，我相信招募那些在自己工作领域激情洋溢的或者在剧场团体中有广泛关系网的不同类型教员是非常有意义的。为了要留住这些教员，教员们的发展，包括专业领域上的以及学术上的，必须得到鼓励与支持。这就意味着，当某人在创作一部剧作时，我们中的某人就要帮助他完成其他的课程，但是时间绝不会超过两周。这就是在我们国家给予我们的最专业的写作教员。我们让大家知道，你可以教课也可以写作，并且我们会想尽办法来帮你。给教员们的还有精力充沛的创新的课程，包括，曾经的诗歌课程、短篇小说写作课、神话课、政治课，甚至曾经在我来之前的一门必修课踢踏舞，恐怕是要缓解学习压力，尽管有些人说可能是因为当时的主席以前是个舞者。这里也有专注于有个性的剧作家的课程，比如契诃夫或者贝克特，当然还有莎士比亚，他本身就有一年时间的课程。通过强大的团队补充，以及口头宣传和高标准的录取原则，我们发展了一批学生，他们来自各个地区、各个种族、经济能力有高有低，但是他们都有能力进行原创，能保证各自的作品持续不断地使我们感到惊喜。

在一个两年的研究生学习课程中，申请人的背景就像他们最终所取得的专业上的成功一样十分不同。另外，对于普通剧院、电影或者英语专业的主要申请者，我们接受学习法律、医学、新闻和哲学的学生，一个商船队或者牧师、来自阿帕拉契亚六岁孩子的母亲或者来自罗马尼亚的激进分子。每一位研究生申请者都被要求发回一份 50 页的手稿——一部戏剧、电影剧本、很少见的实例或小说。能否录取主要取决于写作作品的质量以及作为戏剧作者申请者对我们研究生部的承诺。尽管这些年里我们也会偶尔错过一些人，但是我们的选择已经证明了这些可圈可点的记录，也不断地证明在我们那些杰出的课程中他们对于写作的纪律、创造力及承诺，对于相互之间共同创建一个非常卓越的有包容心的作家的社区所做出的贡献。

在两任主席和两任系主任的大力支持下，我们已经有能力培养好戏剧写作的研究生们。主席和系主任鼓励在艺术领域有原创精神的思想者和从业者们。我们的研究生们在他们各自的领域中也都继续取得着非常杰出的成就。

我们院系的毕业生们在我们初期无法想象和向往的岗位上努力奋斗着。除了一些在戏剧、电影和电视领域工作外，还有一些毕业生已经成为了书籍杂志的编辑和创始人。有人在为女性杂志月刊写占星图（当然，这也是写作）。也有人当上了部长，她在她每周的演讲中已经讲述了自己卓越的写作经历。一些人还继续从事法律或者娱乐业法律的相关工作，另一些人是剧场的文学部管理者，还有一些人成为了电影或电视的执行经理。有剧院和电影的制片人、老师、政治演讲稿作者、戏剧书籍作家、电视比赛设计者，还有个从前的学生正在为作家们写烹饪书。很显然，无论何时，无论何地只要有需要文字的地方，都有我们的学生在那里工作着。

"教育"在《牛津英语词典》中是这样被定义的："滋养、培养、训练的过程；精神力量增长和成长的过程；性格中某些方面的塑造。"[1] 剧作家们在其中更想要的是一种归属感和关键

1 编辑莱斯利·布朗，《新编简明牛津英语词典》"教育"，第一卷 A-M，（牛津：科学出版社，1993 年版）第 785 页。

的建议及支持。我们已经在我们的教室里、办公室中、学生和老师们的走廊里发展这种团体。在从教 25 年后，当我走进我们的教学楼按下 7 层的电梯按钮时，我的心依然会兴奋地跳动。

这篇随笔出自于《观点》（1995）并在艺术创作弗吉尼亚中心被修改。文章内容在书中被略微修改。

本章练习

列一个列表，其中包括任何剧作家的你认为最重要的一百个剧本来阅读。

阅读列表中你从未读过的六部作品。

起草每周两到三小时的戏剧写作课课程表，并假设你的学生们从未写过完整长度的剧本，但是写过一些场景、短篇剧本、一个场景的剧本。拿到这一年的校历，从 9 月的第 2 周开始这项课程，一直持续到 12 月的第 2 周，感恩节有一周的假期。每周提供一个短篇文学作品的题目，安排课堂上将要阅读的作品，布置一个课后作业。设计整个课程使得一部完整长度的剧本能够完成，在学期末完成首稿。你也可以安排各种会议，特邀演讲和其他特殊的课堂练习。剧本的一半应该在感恩节前完成，节后会召开会议。

15

他们告诉我的：写作的建议和其他不足

关于剧本写作（或者其他形式的写作）是否无论如何都可以被教授的问题， 已经成为一个长久以来文章、演讲或者一周研讨会的主题了。作为一名用生命中大量时间来教授写作的教育者，对如何给出这个问题的答案我也有些疑惑。天赋、热情或者想象力都是不能学来的，但是技术却可以。

很多带有建议的笔记中都包括了对于作家必要的培养。其中一些可能证明没有什么用，或者直到计划适合作者的范围才发现有用。有些建议将被摈弃，或者注定成为“他或她论文中的一部分”而已。

不管怎样，我很想知道，是否我询问朋友们、同事们、现在或者以前的学生们（都是专业的作家）什么是他们了解的关于写作最好的一条建议，或者是他们给自己的建议，就能知道这个建议将会是什么呢。

阅读了很多答案，我没有试图找到一个公认的主题。其中有关于每天穿着的告诫，尽管我非常清楚作家们直到完成他们作品的那一天才会仔细打扮。有个给我们所有人的建议是在写作前要把你的椅子粘牢。但是之后，已有例外，比如海明威就喜欢站着写作。几乎所有的答案中都在呼唤热情、真理、简朴和保持真实。在阅读过所有回复后，一个因素很清晰。对于每位作者，最有价值的一条建议就是要不同于其他人，就像我们的声音和主题一样。我的建议是伸出耳朵去倾听所有给予你的建议。

下面是按照作者字母顺序排列的我收到的答案。这就是他们告诉我的内容：

Walter Bernstein, 电影剧本作家：如果你管它们叫做建议的话，我记得最有价值的两条建议。第一条是从一位老作家那里得到的，他说“写作就是再创作”。第二条是当初我刚开始出去闯荡时从一位代理人那里听来的，他说：“孩子，你需要的就是出击。”我不确定哪一条更有价值。

Susan Birkenheda，抒情诗人：我非常幸运能师从于Jule Styne。Jule有非常丰富多彩的抒发自己情感的方法，但是他的建议是十分金贵的。他过去表达捶打家门的概念，说起来可能是很复杂的，但是必须很简单地表达出来。“简单，”他会说，“并优美地完成。”然后他搂过我的胳膊，看着我的眼睛（这并不容易，因为他当时差不多5.4英尺高，而我有5.9英尺高，然后说“我记得……在观众面前只有这么一次，所以你最好确认他们能够得到。”

Lee Blessing，**剧作家**：我最喜欢的写作建议来自于伊迪斯·奥利佛。她告诉我永远不要用“嗯”或者“看”（就像“看吧，我真是受够你了”）这样的对话开始写作。从那时起到现在我一直试图避免这样做。

Deloss Brown，**剧作家**：威廉·麦克斯威尔，作为《纽约客》的编辑很多年，和我的祖父母一样都来自于林肯，伊利诺伊州。在他的小说中他显得非常瘦。我从波士顿到纽约见他，之后他带我去吃午餐。他当时并不喜欢我的短篇故事——嗯，还不足以用来发表——但是当我告诉他我有一些在头脑中的独幕剧要写时，他说“赶快写出来。”之后这总能成为我要写戏剧的想法——几周之内把草稿写到纸上。

Kelly Cherry，**诗人和小说家**：那一定会成为一种习惯，你习惯的思考方式。

Kirsten Childs，**剧作家、曲作者、词作者**：真实并且简单。

Connie Condon，**剧作家**：来自于美国的画家Dorothea Rockburne：

1. 总有一些事情是错误的——接受它，然后继续前进。

2. 你所拥有的就是你自己的信仰和方式。

“当作家们和我一起学习时，我告诉他们拖延是创造焦点时非常痛苦的也是很危险的方法，这个焦点使你写作时恐惧怀疑自己的能力和作品主题，例如，当你拖延的时候，你会尝试重新创作那些在高中时你创作出来的那些成功的通宵活动的人，那时你会很崩溃没能及时结尾。正因为你没有停下来，一直待在‘那个地带’，所以创作了一些非常棒的内容。没有停顿或者编辑的写作是完成初稿非常完美的办法，但这样做你可以没有制造这种痛苦的恐惧状态。记住，你的想法、计划、想象、那些对话和情节非常重要，但是你需要的，你真正需要的是落在纸上的内容。在你脑袋里的东西仅仅是一些蒸汽。一旦你开始写作，你就无法控制结果了，这就像生活一样。这就是一种奇迹，也是礼物。所以写作时不要停顿，让自己惊喜让自己开心，不要担心其他的事情。很久以后，我意识到在我生命结束之前，没有写作将会是无法忍受的。我意识到我宁愿写得不好，也不愿什么都没有写过。我正在写演讲稿。写作就是我精神健康必不可少的东西。

“约翰·格尔带来了一本小小的杂志，他在里面写了个小剧本。他似乎总是带着它。当我问他是否写对话、剧本思路、冥思和笔记时，他说全都有，哈利·詹姆斯说每天都会写一些东西来编辑自己的生活。”

April De Generis, **剧作家**：我了解的最好的东西很肯定地是 Aristotle 的探索和逆转诗论的思想。

Liz Diggs，**剧作家**：写你知道的。……把你的屁股粘到凳子上。来自于以色列霍洛维茨的话：没有什么是作家的巨大障碍——只有拒绝写作。

Mauro Flores，**剧作家，电影剧本作家**：只要你还活着，你总会有素材的。

Nancy Ford，**作家，抒情诗人**：我能想起来的有两句话，在我开始为肥皂剧写对白时总编剧告诉我："不要把潜台词当作文章"以及"演出来，不要光说出来。"

Tim Fountain，**剧作家**：总是一种失望。

Charles Fuller，**剧作家**：阅读、研究、学习语言——因为它是你创作戏剧音乐时你所拥有的唯一工具。语言就是乐器，所以学习它，知道用它做什么。[1]

Gary Garrison，**剧作家**："写下你所知道的"这个短语使我疯狂！！！对这个短语我有发自肺腑的自然反应。25 年

1　对查理·富勒的采访《剧作家：美国剧作家协会会刊》2004 年 12 月刊，第 29 页。

前当我开始旅程时我不喜欢听见它，即使现在我依然不愿意听见。当你写一些你不知道的东西时，你就会强迫着去发现—探索—想象—推不知测—认识—质疑—再研究……对我来说这是创造。

Barbara Greenberg，**诗人、剧作家**：在夹克上放下Maxine Cumin的第一本诗集，对我来说这是生命中的一个标记……曾经我读过Marianne Moore写过在我生命里留下印记的东西。“我们必须像我们自然的沉默寡言时那样清晰明了。我一直试着这样做，无论在措辞方面还是意图上，直指痛处。”

David Grimm，**剧作家**：检查。

Jim Grimsley，**小说家和剧作家**：当我开始写我的第一本书时，从UNC-CH来的Max Steele告诉我找到非常正确的细节。他在描述走廊地板时就是在我记忆中他们看到的那个样子，使得每一个细节都尽可能地出自于我住在那栋房子里时记忆中的感觉。他说这种真实感正是贯穿如此困难故事的方法。他是正确的。

Rinne Groff，**剧作家**：Suzan-Lori Parks 推荐了一个结尾：小人物或者大人物。写一部戏剧需要花费很长时间，并且需要很强的自主性。借着帮你记录进步和鼓励你保持方向的办法最终达到目的是非常好的。

John Guare，**剧作家**：我忍受着伟大的Georges Feydeau的一条写作规则：角色A说只要角色B不出现我的生活就是非常完美的。当当，角色B进来了。另外一课讲到：如果你在脚本中的某个点上卡住了，问题绝不是发生在麻烦出现的地方，而是早前五六页的地方。

Carol Hall，**作曲家及词作者**：关于写作我最喜欢引用的例子是Faulkner的“一定是你杀死了你的爱人……”意思当然是你不可能永远狂热于你自己的工作；我喜欢的另外一个例子有同样的想法：匹诺曹的“我什么都没有卖给自己！”

Sheldon Harnick，**抒情诗人**：给一个作家的建议我认为有很多，就像给一个母亲生孩子提供的建议一样。你可以谈论过程，但是无论你说什么，还是会疼、会混乱、会流血也会出汗（至少是一种比喻）。写作是创作时的快乐。用各种你能用的办法度过凌乱的部分。

Tina Howe，**剧作家**：我从来没有研究过戏剧写作，所以我总在渴望有一位名师能告诉我一些交易的秘密。趁他不注意，我转去寻求艾米丽·狄更斯的建议：“讲真话但是用有些倾向的方法讲出来——成功就在循环的谎言中。……”

Xuefei Jin，**诗人和小说家**：在1992年的秋天，我和Aharon Appelfeld在波士顿大学接手了一个工作室。有一天他对我们说，20世纪40年代他抵达以色列之后，成为了一名舞蹈老师。大多数他的学生都是中年人，他们中的许多人都是从欧洲过来的难民。在舞蹈课上，他们经常抱怨自己又累又痛苦。然后Appelfeld先生小声告诉我们，“从那个舞蹈课上，他学到了如何写作。”

我们疑惑地看着围坐在研讨桌边的人。交谈后Appelfeld先生说，“我想写一写曾经他们的手臂有多重。”

Judith Johnson，**剧作家**：继续下去！就像Billy Crystal在Throw Momma from the Train中写到的“作家写作！”

Bryony Lavery，**剧作家**：拥抱重写的观点。

Leslie Lee，**剧作家和电影剧本作家**：最好的建议：如果你想在电影脚本中有些什么，那就放上去。不能允许细微的差别，暗示和假设总会决定你的信息。给其他人的建议：拥有确定的勇气。有观点。

Andrea Lepcio，**剧作家**：我得到的最好的建议——建议来自于我见过的大多数专业作家——是每天写作。你应该从不好的写到好的，这太正确了。通过每天写作，我让我的肌肉很有型，让我的心脏跳动有力，让我的想象力无止境。我可能会丢弃许多内容（或者一些字节）——但是它保证了我现在随时让准备好的段落出现。

Kendra Levin，**剧作家**：问正确的问题。

Ben Lobato，**剧作家、电影摄制者**：在我刚参加工作的那些年，和一名叫作Arnold Davidson的教授一起写了101篇文章。Davidson先生是位对细节十分苛刻的人，我才知道原来我对标点一无所知，然而我依然想要成为一名作家。有一天，我感到非常困惑，我去找Davidson教授谈论关于退学的问题。当我走进他的办公室时，他正忙着用红笔使劲敲打论文，“亚瑟王的神剑。”我讲话的时候，他继续工作没有抬眼。我说完了，他就问我我是否会认为海明威在写作时会担心标点的问题。我说：“我不知道。”他的眼神从论文上移开，直直地盯着我的眼睛，然后说：“你就继续写下去。总有一天有人会为你加上标点的。”

Victor Lodato，**剧作家和诗人**：我一直喜爱下面的建议，来自Natalia Ginzburg：

我在这个假期中意识到没有“保存”这件事。是否有人认为“那是一个很好的细节，我不想在我写作的时候浪费掉，在这我有许多很好的素材，那么我将会为我以后会写到的其他故事先保存起来。”这个细节将会在他的头脑里具体化，而且他也不会用到的。当某些人写作时他会想要把所有最好的东西都放到里面去，他拥有的最好的和他见过的最好的，所有他从生活中积累的最好的东西。

很精彩，不是吗？它出自于她最喜爱的散文集《小小的美德》中的散文《我的假期》。

Craig Lucas，**剧作家**：不要告诉任何人你在写什么。直到你有时间在你和你写的东西之间思考过后再重新阅读。继续写。不要离开书桌。从早上一起床就开始写作。不要向你非常不信任的人寻求观点，尽量让这样的人少一些。为你自己写作。所有的规则都见鬼去吧。从不阅读评论。在最后一个作品公开后再开始下一个新的作品。与你认为做着你感兴趣工作的人和钦佩的人一起工作，之后你仅有两件事可以对他们做——信任他们或者开除他们。

Emily Mann，**剧作家和导演**：听。认真认真的倾听。然后，就像我最亲爱的朋友 Joyce Carol Oates 说的，把你的真心写出来。

Donald Margulies，**剧作家**：我能透露的最有用的精髓是一个给年轻剧作家们的暗示，他们正在创作的作品中不需要包括他们的所有想法。知道何时该停止重写很重要，把一部戏剧放一边，继续下一部戏剧。我见过太多十分有天赋的人一生中都在不断重新写一部剧作，而没有继续前进。剧作永远都会有瑕疵的。但是写一部新剧很重要，至少现在的新问题解决了。

Patty Marx，**剧作家（电视）**：“我曾经非常愿意写像Tolstoy这样的作品，”一个电影制片人很可能曾经对一个电影剧作家说过，“但是我没有时间。”没有作家相信，作家打开电脑（或者拿起笔）然后文字就很简单地积累起来了。当然有比这更多的困难了。在写这些一个一个的单词之前，作家必须做下面的事情：掸掸肩上的灰尘，叠一叠抽屉里的毛衣，重新叠一下毛衣，从Neiman Marcus的目录里提出一些主题列表，看一看网上最喜欢的鲍勃·迪伦歌曲歌词，记一记歌词，找一找不知道叫什么的装置，冷藏室最上面格子里的真空吸尘器，试穿衣柜里所有的鞋子，试着把头发分到另外一边，考虑一下要去旅行的指南，指南中包括哪些城市，买一辈子要用的咖啡、冰淇淋、吧台，丢了五英镑。不幸的是，在你做完所有这些事情后，你就没有时间用来写作了。

Terrence McNanlly，**剧作家**：我看不到任何种类的作家学位的“价值”。事实上，没有人问我我有没有上过大学。然而，我非常非常珍爱我在哥伦比亚受到的教育。学校的学习是你一辈子的投资，不是你的“事业”。如果你主要的目标是电影和电视的话，那就去洛杉矶吧。如果你的主要目标是剧院，那就去纽约。

Hillary Miller，**剧作家**：诗人Brenda Shaugnessy曾经告诉过我，任何作家都不应该将“碎片”和“连裤袜”这两个字放到一首诗中。（当我一年后提醒她这件事时，她已经完全不记得自己说过这些话了。）另外，在一间工作室中，剧作家Netozake Shange递给我一张作家们列的一页纸的单子（大多数作家在我的生活中从没听说过）并推荐到，“从这里开始。你不能让你自己被忽略。”

Edith Milton，**小说家和散文家**：我认为最好的建议是从我的丈夫Peter（他是一位艺术家）那里得到的，它不算是建议，也不是关于写作的。它就是简单的事实，他每天都会使他的音乐工作室不断进步，并待在那里。有时候他完成了全部工作。有时候他仅仅是把他正在处理的乐章做一个开头。他会经常把前一天的成果全部清除掉。但是他会整天待在工作室里——即使当他上课的时候，他从课堂回来然后立刻到这里。我通常对最后期限把握得相当好——当我有一个计划的时候，我便会特别刻苦地及时完成它。但是之后，我就会到处闲逛，直到下一个截止期限的到来才会继续努力。所以我真是没有什么自己的作品。在我嫁给Peter以后，我意识到他在工作室的时候我就会非常无聊，除非我也跟随他的脚步，因此设立了一个自己的时间表，规定每天都有几个小时的写作时间。我计划写我的博士论文和两部小说（一部，唉，从未发表过），那时我的孩子们都还很小——可怜的小宝贝儿，他们被留给了温柔慈祥的保姆看护，这样他们的妈妈才能完成四个小时的隔离和沉思：我做的最多的就是在那里盯着窗外，但是后来，按照时间表望着窗外会导致各种各样的事情。

Peter Morris，剧作家：建议是我希望在我开始写作时我能忘记原来的事：你需要找到你的同龄人，和其他的作家交朋友。这并不容易：作家都企图成为独居者，并且非常空虚（因此不想相信还有其他的作家存在）。但是能有和你年纪相仿的作家朋友会使你更加谦逊，这也会帮助你理解你自己的工作是非常独特的。最重要的是，这样可以让你一次又一次地走出公寓。（除此之外一文不值，每一代最优秀的作家总是看起来好像都认识其他人一样：莎士比亚认识马洛和本·杰森，伊丽莎白·毕少普认识玛丽安·摩尔和罗伯特·洛威尔，等等）没有天才独居者这样的事情。

出去做你自己。计划好自己的工作，安排好自己的阅读，邀请你的朋友。不要坐在那里等着被发现（或者寄希望于发送大量的S.A.S.E邮件而被发现）。这种“发现”只会在身边发生——你的同龄人越来越熟悉你的工作，你熟悉他们的，总有一天你会想来发现你已经到了。

记住你今天正在为得到长久努力而得到的结果奋斗。写作会吸引很多业余爱好者，但是最终会证明你将会得到报答，并和写作相伴一生。（此外，和其他生活方式一样，写作如果不值得失败也就不值得成功。）

最终，直到取得了回报，你才会觉得自己的精神正常。这会令人失落，但是如果你没能坚持到依靠写作赚钱，你就不会成为作家。”

Marsha Norman，**剧作家**：Jon Jory 说，“当你寻找戏剧好的主题的时候，回到你生命中的十年前，回到那个你真的感到害怕的时间。因为你害怕，所以无论什么时候你都会记得事情的所有细节。十年前的事情你都依然记得，说明它对你来说很重要，这样就值得一写。”

Lizzie Olesker，**剧作家**：作为一个剧作家，你需要穿上一件傲慢的斗篷。你不能太过谦逊（我还记得这是 Tony Kushner 说的）。

也许，这是矛盾的：

你能写出任何东西因为你知道你能想出来——Maria Irene Fornes。Irene 循序渐进地告诉我下面角色的重要性——他们是老板，你不是。如果你试图控制他们，你将会把你的作品扼杀掉。她教我去寻找角色的呼吸——去倾听，去感受它。去触摸他们的肌肤。你不可能仅仅通过倾听她／他来了解一个角色。你需要更多的视觉画面及对他们本能的经验。

来自 Suzan-Lori Parks，直到 Tony K.——坐下来每天仅

仅写作一个半小时。不要多，不要少。如果这段时间多了，太好了。如果不是，不要剥削它。很快，你就会拥有一部戏剧。还是来自Suzan-Lori ——通过写在房间的墙上文字看出你作品的人物。她为了她戏剧中的人物写作。要从骨子里写出来，而不是从大脑中。

来自Mac Wellman的建议——降低你的智商。避免深陷于你已经知道的东西——你不知道的东西才更有意思。

我自己的建议（和三个孩子一起）：

（非常书面的东西，也许不太有意思，但是这是概要。）

从房子里走出去。去寻找其他一些可以写作的地方。

对于戏剧写作的更多细节——在几页纸上给你的作品一个推动力——通常对我来说也是一个可视的图像。把它钉到你输入你作品地方的墙上。随时看看它。

戏剧就像音乐——写出它的配乐。

专注于作品本身。

Liz Poliner，**诗人和小说家**：我收到的最重要的一条建议是想要写作没问题啊。

Charles Purpura，**电影剧作家**：如果作品没有落在纸上，就不会出现在舞台上。死亡很简单，写作很困难。

Mark Ravenhill，**剧作家**：不要害怕模仿。

Richard Rhodes，小说家，传记作者和散文家：很多年前，我带着怀着孕的妻子在美国空军表现得非常积极。我当时住在堪萨斯城，在Hallmark Cards找到了写员工每日新闻的工作。一个靠教英语为生的诗人不屑地告诉我说这样的写作都是废话，我最好去开出租车。但是一周五个早上的10点，我要填满一份8页半至11页新闻报纸的两边——全是促销和退休的信息，社团活动和生日、结婚、死亡的消息。我写的这些故事都非常程式化，内容都被小心地检查过，就在每天的早上10点钟。我必须把垃圾邮件放到前面。在耶鲁大学里我被选中可以不用参加大学提供的仅有的创造性写作课程，这门课被称为每日主题，并且这门课要求每天早上要把一页的原创作品送到指导员的办公室，每周五天。现在Hallmark让我加倍写作。（诗人可能会说这样不会更有意义。他错了。无论每一个你学着去写的主题多么平凡，都是你工具箱中的另一件工具。）现在我在Hallmark公共关系学院为一个叫Conrad Knickerbockerd的人工作，他已经准备开始出版评论和小说书籍了。在我对Knick有一点了解后，我胆怯地问他你是如何成为一名作家的呢。他说，“嗯，你让屁股贴到凳子上。”我管这个叫立方体黄金建议Knickerbocker 法则。”[1]

Brooks Robards，诗人：最好的写作建议（不止一次说过）我自己做的就是坚持写作（乱写，乱写，乱写！）。我

1　理查德·罗德斯《如何写作》（纽约：威廉·莫洛公司，1995年版）第2-3页。

能给出最好的一条建议（海明威的回应，我认为）是写一些关于你知道的东西。

Charles Rubin，**电视作家**：当我还是大学新生的时候，我开车穿过马萨诸塞州去听威廉·艾尔弗雷德在哈佛的讲座。他是Hogan’s Goat的作者，那个时候，一个著名的教授在巨大的演讲厅中做演讲你可以偷偷地溜进去。在他讲到《贝奥武甫》中间的某个地方时，他合上书，讲述了一个威廉·福克纳的演讲，艾尔弗雷德作为前50名哈佛哲学博士学位候选人的身份出席了演讲。当有些非常认真的口吃孩子站到福克纳脚边时，福克纳从中选择了一个人，他说，“福克纳先生。我想要成为一名作家。我有个很好的解决办法要说。但是您能给我一些建议吗？”福克纳明显倾斜着身体，隔过孩子前面的障碍，推心置腹地对他说，好像房间里只有他们两个人一样，“孩子，不要说任何的谎话。”

如今我有了自己的学生，每个学期总有机会把福克纳演讲上的故事讲出来，把艾尔弗雷德的演讲，讲给我自己的学生。我总是这样说到：“威廉·艾尔弗雷德告诉我一些事情……”

Stephen Schwartz，**作曲家和词作家**：我认为每位作家经历着计划失败或更糟糕的恐惧中时，特别是当他或她刚开始的时候，被大家忽略，或者从未曾听过或见过。（这种感觉经常和过于夸大的感觉交替着，他或她止在用全部时间创作最杰出的作品，他的情绪或会摇摆不定。）这基本上是一定领域中的。

但是如果你打算做一名专业的作家，那有一件事你就不得不去处理。随着经验的积累，一个人的期望和恐惧都会来得更真实。但是我不能说那些感受会完全消失。

我能给你们最好的建议是试着对你自己的品味和视野保持真诚，以便到一天的最后时刻，至少你会喜欢你所做的事情。

Lorenzo Semple, Jr.，**电影剧作家**：如果你答应重写电影脚本，要确保它不会被制片人悄悄地用笔名修改了。还有，如果你想戒掉吸烟，咀嚼塑料笔是很有帮助的。

Jeff Sweet，**剧作家**：与正在成长的、饥饿的、有天赋的导演建立好关系。致力于阅读、工作室和陈列柜来认出正在成长起来的天才，然后邀请他们去喝杯咖啡（或者无论什么适合的饮料）。我的许多材料就被发现了，因为导演热情支持我的剧本，代理商们也就同意了。好的导演通常能和剧院的文学部管理者充分沟通，还能直接给艺术总监挑选计划。

Alred Uhry，**剧作家**：Frank Loesser 告诉我我可以保护我写的每一个音节。那时我想我可能也就 22 岁。我永远不会忘记的。

Ed. Valentine，**剧作家**：走出房间。走出房间当然是为了写作，特别是如果你没有家庭工作室，试着在图书馆、咖啡店或者教堂后面的座位上写作。尽管还远不止这些。这条建议的意思是：走出房间去感受生活。所以每当我感到思维卡住了，我回去旅行，把笔留在家里，然后出去参观：艺术博物馆、植物园、动物园、奇怪的表演、狂欢节、喧闹的酒吧、音乐厅、鸡尾酒会、4-H展览会、历史遗迹、被遗弃的路边吸引人的地方，当然还有：海边，无论在只有零散几个人的时候还是人潮汹涌的时候。这些地方都不是刻意找到的，这些大多数地方也都不适合写作（尽管写作确确实实都出现了）但是所有这些地方都给了我思路的源泉，使我充满了想象，并且让我带着可以写的许多素材回家，我保证。

Richard Walter，**电影编剧**：真正的作家讨厌写作；我们喜欢已经写好的东西。

汤米·汤普森曾经被问到如果他能给作家提一条建议，那会是什么呢。他说："每天无论你做什么事情，好好打扮一下吧。"

Wendy Wasserstein，**剧作家**：我得到的关于戏剧写作最好的一条建议是从Lloyd Richards那里知道的。他给我讲关于不平凡的女人的事："你自己的性格其实是说不清楚的，但是你自己却不能模糊不清。可能对你来说看起来会有些傻傻的，但是在某些地方观众们是需要知道你的观点的。"

Mary Low Weisman，散文家，非小说的散文文学作家：

数出至少十篇手稿。另外一条很好的建议直接出自于威廉·斯特伦克和E.B. 怀特的时尚元素："有力的作品往往是简洁的。一篇文章不应该包括没必要的句子，一个段落也不应该有没用的句子。由于同样的原因，一幅图画就不应该出现多余的线条，一部机器不该有无用的部件。这不是要作家们让所有的句子都变得很短小，或者去掉所有细节，主题只出现在大纲中，而每一个字都要表达出它的意思。"

Richard Wesley，**剧作家和电影剧本作家**：当我还是哈佛大学大一新生的时候，戏剧系主席欧文·杜德森听说我11岁时对院系没有电影剧本写作课程很失望，我就站在他的办公室里朝着他椅子的方向探过身去，他用一种下定决心的眼神注视着我，然后有力地说到，"孩子，如果我能教你学习戏剧写作，什么写作都难不住你了。"[1]

Doug Wright，**剧作家和电影剧本作家**：人们说写下你知道的东西，但是我说要写下你不知道的东西。写下那些使你恼火、使你困惑和愤怒的事情。

叙事是最重要的。我们还是会到剧院去聆听睡前童话。讲故事是家长们把自己知道的故事传授给孩子们最原始的办法之一。

1　对道格·怀特的采访《剧作家：美国剧作家协会会刊》2004年12月刊，第13–14页。

Maury Yeston，抒情诗人：我认为的年轻的作家们着手从不回避那些很显然的事情开始是非常重要的——对你来说很显而易见的事情很可能对于世界上其他人来说就没有那么显而易见了。

本章练习

1. 列出你所听过的关于戏剧写作最重要的五件事。
2. 列出你将讲给学生的五件重要的事情。

16

成为一名剧作家

当哈姆雷特在第三幕第一场那个著名的独白中质问生活时，他的问题是，是否要继续下去，是否还要继续忍受被抛弃的可恶的命运。在莎士比亚的戏剧中，这是一个注定的选择的时刻。作为作家，当我们面对同样的十字路口或者命运的选择时（戏剧中的命运），我们的一些成功经验、情感经历和专业角度决定了我们如何理解自己约定好的这些规则。如果我们签订了一份长篇剧作的协议，那意味着我们同意“承受那些我们拥有的痛苦”，那些“可恶的命运”，而不是转向那些更稳定的职业。比如数学家、物理学家或者会计人员，这里 625 的平方根永远等于 25，不要问为什么。这些权威的说法源自我的丈夫，他是一个工程师。

最近在英格兰工作的这段时间，我参加了一个国家剧场[1]剧作家的聚会。他们的年龄范围从最年轻的 Judith Johnson 和 Philip Riddley，到已有声望的 Patrick Marber，到年长的，比如永远不老很有活力的 Snoo Wilson。虽然每个人的风格和主题

1　译者注：国家剧场是一个专业组织。

的区别很大，但是却有一个惊人的共同点。他们都表达了各自的发自内心的对于能够作为世界上的一名剧作家的感激。他们感到这是一种荣誉是一种对于能够从事自己真心想做的工作的感恩，特别是使自己充满了活力，剧院也充满了活力。

上一代人，无论在这里的还是在海外的，都被生活费来源、社交圈和社会地位等传统问题困扰着。想让自己孩子成为作家的人，总会被不稳定拒绝和困窘所围攻。对于任何人来说，谁会选择这种白天孤单、夜晚害怕，还要几个月几个月的工作之后写的东西很可能会被扔到垃圾筐里去的工作呢?

剧院提供的剧本数量过剩了怎么办呢——“他们正在阅读”（这句话的意思能是实习生正在读你的剧本，如果你肯教，他们可能就会成为你的学生之一）。或者更令人振奋的消息是“剧本在考虑范围中”，这可能是说其实根本没有人读过，或者他们找不到了，或者实际上他们已经读了，只是剧本正在众多竞争激烈的“可能性”中。更加令人受鼓舞的是“我们很喜欢你的剧本，我们愿意将它继续下去”，然后你就在想，这又是什么意思呢，等着有人拿着它找到你? 它会被保存多久? 或者，有人告诉你“我们很可能要创建一个工作室”。不，不，不是“创建”，而是“考虑创建”。“是的，一个很可能被创建的工作室”，直到最终的“不行”，可能剧场很体贴地告诉你这个情况，或者根本就没有联系你，甚至更糟的是，你会在邮箱中收到下个演出季的时间表，而你的名字根本不在里面。

我们总是尝试着来会意这些华丽的词藻。我记得很早以前有个电影制片人告诉我，他读过我的剧本，并且决定继续“传递下去”。我简直欣喜若狂。他们决定继续传给其他人看。这是一个非常好的迹象。哦，错了吧！我后来知道了“传下去”的意思。你当时正在被他们“一扫而过”。这是一种“我们不想用你”的委婉的表达方式。在剧场里有各种隐含的意思。“不”通常的意思是“这不适合我们这个演出季”。你就不在这个演出季中。

或者，再有其他的情形：一部剧创作出来，但是总会被束之高阁。一旦生产出来，这部剧很可能因为大家不喜欢而显得独特，就类似于评论家和观众的那些说法。所以，你明白了，为什么有史以来，几乎没有很实际的家长或理智的人会鼓励自己的后代从事这项工作，或者为非盈利的剧院写剧本。

在剧院工作是一种荣誉吗？在英格兰这种荣誉感会更多一些吗？一位美国的同事说到，因为在英国，剧院、电影和电视产业都集中在伦敦市。它不像生活在好莱坞和纽约的美国作家、导演和演员的需求，作为作家通过写作挣取工资就会更容易，只要溜达到几个街区转转，就能确保得到一点点收入和尊严。

然而，在这个国家，我们缺少给剧场和所有艺术充足的政府津贴。同时，我们也不能很容易地从洛杉矶搬到纽约。但是我们可以继续为了增加政府津贴和艺术团体的资金支持而努力。

我们依然有很多重要的东西可以向英国同行身上学习。我们有各种各样的机会可以选择成为一名作家。对于我们中的大多数人来说，这就是梦想的实现，对于一些人来说，我们年轻时都不知道自己的梦想。Joan Didion 在他 *Slouching Towards Bethlehem* 这本散文书中说，自尊就意味着要了解东西的价格，更要了解自己的选择的价值。[1]

作为一名剧作家，每一天都意识到自己选择了恐怖、不确定、困惑、与世隔绝最终被抛弃和伴随毁灭性耻辱的可能性，但是在这个世界上我成为了我想要成为的人，这可不是一件小事。你确信成为一名作家是一种荣誉也是一种特权。获得荣誉，毕竟意味着要站得直，有原则，有道德准则；拥有特权，意味着你有机会也有自由。我们不是这样吗？

所以，作为一名作家最终的意义是什么呢？作家的价值是什么呢？我们和魔鬼讨价还价的东西是什么呢？我们的报酬是什么呢？最终，我们的道德是什么呢？

某种意义上讲来说，价格就是失去它必要的代价。理解它吧。永远别让价格给你惊喜。那么报酬是什么呢？作为作家，十分确定的是你可以依赖于你选择的创作主题和更喜欢的创作方式。你完全可以控制这些，你就是老板，没人在乎你怎么完成以及什么时候完成你的作品。另一方面，如果你想为其他人

1 琼·狄迪恩《无精打采地走向伯利恒（Slouching Towards Bethlehem）》（纽约：午间新闻，1968 年版）第 145 页。

工作，那就赶快签约，去政府早8点到晚5点的那种工作单位报到吧，只是每天别忘记上闹钟。

但是如果这不是你的选择，你就能每天早上睡个够。或者你可以成为这些作家的其中一员，长久以来，他们总是在一天工作结束后泡在咖啡馆，从家到旧金山再到巴黎，喝遍各地的星巴克。

我的丈夫在政府做工程师已经很多年了，他曾经问我，在格林威治村经常坐在我家附近咖啡店里的那些人是谁？他们没有工作吗？他们当然有工作，只是他们有自己奇怪但是有数的工作时间。现在他是一个全职的雕刻家，他便理解了。我们这些艺术家有选择的自由，正因如此，我们必须自己约定好，并且愿意付出代价。

作为作家我们还能依靠什么呢？依靠我们的创造力。就像建筑师，还有画家、手工艺者、作曲家、科学家和设计师——这些人都是从空气稀薄，空无一物的地方创造出东西来的。

还能确定的是什么？很显然，如果你完成了你的作品，如果你把所有写满字的纸张都整理起来，如果你能最终完成你录入“结尾”的那一页纸，你一定会感受到膨胀的成就感。这里说的膨胀，不是膨胀的大脑，而是一种提升的感觉，一种逐渐升高的感觉，一个从你开始的地方——一个短语、一幅图画或者一个被点燃的想法——不断扩展的过程。

我喜欢把学生完成的剧本拿在手里，感受作品的重量，感受手中的“终于完成了”的感觉。作为剧作家，完成了的感受是你能把握的。不是所有职业的从业者都能有这种感觉。为新大桥计算的工程师永远不能完成整座桥梁，在流水线上为从汽车部件组装到进入集装箱工作的工人们也无法感受到完成全部工作的那种满足感。你就是所有人都想成为的那种人——作家，可以经历从开始到中间再到结尾。所有的这些都是你自己掌控的。

为什么全球最浪漫的想法是成为一名剧作家呢？我们的牙医嫉妒我们，我们的理发师觉得我们的生活富有魅力，我们的会计在帮我们完成交税工作后也不能理解这工作到底是什么，但是觉得我们的工作特别地让人兴奋。我相信其他人看到的只是我们的自由，以及我们对所有事情的开放态度，包括得意忘形的那些时候。这些使得我们所做的非常令人想往。若其他人是这样看的，那对我们自己来说还是这样看的吗？我们能意识到我们的自由吗？

作为一个团体，我认为我们有责任讲真话，并做灵魂的探索者。作为艺术家，我们是受内心指引的。我们并不是我们看上去的那样，我们实际上就是我们原本的样子。我们实际上和社会上通过外表（从名牌皮靴到名牌轿车）判断划分的做法是截然相反的。作为作者，我们始终在问的是：“我们是什么样的？”而不是：“我们看上去是什么样的？”作为一个集体，我们的职业道德是对自身完整性的追究。

诺曼·布朗在他的《生命与死亡》（Life Against Death）一书中指出，艺术的最高境界就是让工作成为娱乐。我的艺术家朋友告诉我他很少去度假，只有在工作室工作时他才是最快乐的。他对自己说，一回到自己的房间，他好像还是个小男孩一样躲在门后面，组装飞机模型。也许这就是我们都想要的感觉。如同飞机终于落地了，我们都会为此而感到狂喜。一些人很少会离开自己写作的地方或房间，一些人在落地前在天空盘旋，不愿意回到电脑前面，还有一些人面临危险地迫降——我们被拖延症累到不行，当我们没有在写作时，作为作家我们交出我们的身份和自尊，最终，没有地方能掉头了，我们降落了，回去继续靠双手创作。

我曾经读到过精神病的定义是重复同样的动作却期待不同的结果。所以我知道很多作家回到自己的书桌前都会比较困难，当经历了一件能带给他们愉悦的事后。为什么开始着手工作就那么困难呢？是因为失败的预期吗？或者可能我们不清楚在做什么，或者没有什么可说的？事实上，我们彻底地无望地困惑着，仿佛迷失了一般。但是我们已经说过那是合同中的一部分，期望也和合同中甲方所期望的差不多，盖房子的时候需要将沙子、石头和水混合搅拌在一起的。我们都知道我们只能通过写作才能找到我们要表达什么，如此而已。

所以为什么我们还要不断地重复着逃避书桌的行为呢？

一旦剧作家开始创作，真的，他们会感觉好一些的，仿佛自己在家里，感受着所有情况的可能性。因为工作时，作家可以在角色和语言的纠葛中，连同焦点和段落的起伏，做着他想要做的事。

所以我们的道德从某种程度上讲是基于我们的热情，这种热情与真实有着同样的意义，后者意味着对你自己说出话——你所看到的、认为的和感受到的都是真实的。每次我们跟随着作家的本能，而不是依据商业上的可能性所做出的决定。我们忠实于我们作为作家要表达的和自己的风格，不同的作家所要表达的和风格迥异。创造力永远不是大脑构思出来的，而是从我们勇于追求的东西的深处生发出来的。

要想成为一名作家，就要在阳光下前进，要充实每一天而不是更加局限自己。这是一项从我们自身开始的工作，其中蕴含了原创性、无所畏惧、痛苦和欢欣。我们总在阳光下前进。

剧作家总能给人们的生活带来希望，照亮创伤累累的每一天。当你认为这些小说、诗歌或者戏剧中的某些时刻使人更加人性更不寂寞，你就会记住我们为什么在创作了。我们想要创造出自己的能照亮人生的时刻。因为我们知道最远的距离就在每个个体之间，我们这些在现实戏剧里生活的作家，必须打破人与人间的深渊。

在威廉·马克斯韦尔（William Maxwell）的短篇小说《再见，明天见》（So Long，See You Tomorrow）中，小说开始时有一个场景，一个小男孩儿在自己亲生母亲刚刚去世不久时，就被带出房间去见自己的新继母。就在描写这个时刻，叙述者告诉我们他是如何渴望穿过那扇门，回到他母亲过世之前，但是那扇门在他身后已经关上了。他无法再回到那个房间。雷蒙德·卡弗(Raymond Carver)在他的系列小故事里就聚焦在这类角色上，他们以为事情永远都会是一样的，但在某个时刻，他们确信他们永远不会再这样了。

在索顿·威尔德（Thornton Wilder）的《我们的家乡》（Our Town）——在投票几年后偶然间被选为戏剧家协会里最受欢迎的剧目—有这样一个场景，已经死去的艾米丽选择回去检视她活着的时候的一天，就在那一天她被我们对旁人的冷漠而毁灭，或者在《玻璃动物园》（The Glass Menagerie）中当阿曼达知道了这个男人向劳拉求婚了，最终她的所有努力没有任何作用了。希望破灭了，于是我们留下与阿曼达和劳拉一起在路边伤心欲绝。这些向我们展示了我们心灵深处所直面的和崩溃的时刻。

我永远不会忘记尼尔·西蒙（Neil Simon）的《广场套房》（Plaza Suite）中的场景。当乔治·C.斯科特扮演的英雄出现时，我环视纽约的广场，英雄正在广场上与莫林·斯特普莱顿饰演的妻子庆祝结婚周年纪念日。他很沮丧，而妻子说她不明白他为何沮丧。他已经拥有了所有他想要的东西——一个不错的职位、一个美满的家庭、一个漂亮的家、旅行……“你想要什么呢？”斯科特深呼了一口气，然后转过他硬朗的脸，表情变得温柔安静，多么高大强壮的男人啊，几乎用耳语在说："我就是想从新来过……我就是想这些可恶的事情能够从新开始。"[1] 这是戏剧里最精彩的时刻之一，关于渴望与失去，这也是为什么从欧里彼得斯到契诃夫再到威廉姆斯，从《谁怕弗吉尼亚伍尔夫》（Who’s Afraid of Virginia Woolf）中的奥尼尔和艾碧(Albee)，到《卡罗琳》（Caroline, or Change）里的库什纳（Kushner），剧作家们一直在用自己的闪光灯去对准类似这样的时刻——我们的心流血的时刻。

在艾碧《谁怕弗吉尼亚伍尔夫》的故事结尾处，玛莎（Martha）和她的丈夫一起恳求让她恢复想象力，让她们假想的儿子重生，"你当时不用杀了他"她哭诉着，他只是面无表情地简单回答道："安息吧。"

或者在托尼·库什纳（Tony Kushner）的《卡洛琳的未来》（Caroline, or Change）里，有一个黑人女仆卡洛琳和年轻的诺亚在地下墓穴的地窖中争吵的情节，在这部戏剧里作者使用超越现实的手段把卡洛琳放到了未来空间。

我曾经是马萨诸塞州塔夫茨大学的一名大学生，这所大学就位于波士顿的郊外，那时我还是个年轻的小姑娘。有人向我介绍罗伯特·福斯特，他那晚在我们的小礼堂举办朗诵会。我听到他用沙哑的声音朗诵他的诗歌《灶头鸟（The Oven

---

1 尼尔·西蒙《广场套房》出自于《尼尔·西蒙收集的剧作，第一卷》（纽约：兰登出版社，1971年版）第529页。

Bird)》，“鸟儿在歌唱，”福斯特朗诵道，“这是使我们变得渺小的事情吗。”[1]

作为一名剧作家，我一直在问这样一个问题：从什么时候开始，所有的失去的梦想和期望都落到尘埃里了呢。亚瑟·米勒说，悲剧是当我们意识到我们与失去了快乐的人为伍——但是这种欢乐原本是可能的，是它能够达到的。这就是可悲的东西，它在剧院中击碎了我们的心。

另外，在戏剧中也有为努力奋斗而做的庆祝。有时候赢得的东西并不是主人公所要的，他向往着其他的目标。人们会失去目标。时间到了，它也来了，不过来得太晚了。我们总是习惯向右前方看，但是我们想要的却总是在左后方出现。这也给了我们，以及我们的角色们希望——这种东西总会使我们继续下去。

作为一名剧作家就意味着相比于其他东西，我们更在乎挖掘人们是如何找到他们的生活方式的。我们理解这些“角色”，他来自哪里，他将会去哪儿。我们承认他们所说的——对话里说出来的——和想象出来的，他们的想法和感受，与此同时，我们试着解释出其中的真理。

因为希腊语中“戏剧”的原意是行动，我们知道我们的角色只能是通过他们各自的动作来完成的。动作拼凑在一起就构

1 罗伯特·福斯特，山涧《灶头鸟》（纽约：亨利和侯德公司，1931 年版）。请查阅：http://www.bartleby.com/br/119/html.

成了情节，这些动作一个接一个出现在线性戏剧中或是在非线性戏剧中如“被打碎的玻璃”组织在一起。情节发生在剧中角色身上与眼前的形势对抗，这标志着戏剧是从哪里开始的。

我曾和一位刚开始写作的电影剧作者争论过情节的问题。他的简短的脚本中有一个衣物烘干机在不停地转啊转啊，镜头就紧盯着这个烘干机，15 分钟的镜头全是这个。当我指出没有什么变化时，他不同意——衣服变得更干了。他的观点是他的剧本是关于无聊的主题。它在模仿生活中的无聊状态。这个例子是说，如果你在戏剧中刻画无聊的状况，它最好是最出彩的。我想银幕上也是如此。

成为剧作家要你自己养成认真工作的习惯。我们都知道这个很重要。另外，我们必须知道到哪儿去寻找故事，更重要的是，要有能力了解我们自己的内心。我们写的这些故事必须能挑动我们的情绪——生气、暴怒、激情。之后是问自己故事可以继续吗？再然后，要如何讲述这个故事呢？ 对于作品的技术上你会问什么问题呢——关于地点、人物关系、动机、基调，有煽动性的戏剧性的事件、无法回头的高潮以及那些最后的结局。第三章中列出了剧作家可能问出的 50 个问题。我们通过问自己这些问题来创作。如果我们知道答案，我们大多数就都没有理由继续写下去了。

最近，我拜访了一位老朋友，一位非常有天赋的艺术家，她已经厌倦了绘画。所以她现在就不画了。她说她原来一直在做的只是把她的作品积攒起来。她卖过自己的画作，但是她的作品还相当多呢。“为什么还要继续画呢？”她问，“为谁画呢？”她告诉我，“我自己可不需要。”当我告诉她，我比以往工作还要努力，有时候感到透支了。她建议我在工作上要收敛一些，并指出我应该把追求个人满足放在一边。

我考虑了这个问题，但是我确定这不是追求个人满足。她便问我我为什么写作。我告诉她，只是因为我想做的事都在这儿——一部全新的儿童音乐片，关于南非的戏剧，一本我正在写的书，还有我正在考虑的另一部戏剧。我写作因为我想做，也因为对这些计划我有热情。

我想到了我的朋友。她不再热衷了或是失望了？我推测这些都不是，她只是失去了一样东西——欲望。没有欲望艺术家们就会死掉的。

作家们保持着在顶楼独居的生活，伸手就能够到天空，享受着阳光，一只脚扎根于各种规则里，另一只脚准备从房顶腾空而起，就像鸟儿一样自由。

成为作家会更加伟大，因为我们过着我们自己选择的生活，还因为这是一种荣誉以及为剧院创作的特权，可以向观众们展示生活百态，也能向他们展示人性。成为作家意味着我们拥有飞翔的自由。这种自由是令人羡慕的宝藏。

图书在版编目（CIP）数据

成为编剧 / 珍妮特·耐普瑞斯著；秦娜译．—北京 ：中国电影出版社，2016.12

ISBN 978-7-106-04589-0

Ⅰ．①成…　Ⅱ．①珍…　②秦…　Ⅲ．①编剧—研究　Ⅳ．①I053

中国版本图书馆CIP数据核字（2016）第265963号

图字：01-2014-5739

责任编辑：孙维维　程　楠
封面设计：春　香
版式设计：杲　杲
责任校对：乾　风
责任印制：张玉民

成为编剧

［美］珍妮特·耐普瑞斯　著

秦娜　译

出版发行　中国电影出版社（北京北三环东路22号）邮编 100029
　　　　　电话：64296664（总编室）　64216278（发行部）
　　　　　64296742（读者服务部）　Email:cfpygb@126.com
经　　销　新华书店
印　　刷　北京玺诚印务有限公司
版　　次　2017年6月第1版　2017年6月北京第1次印刷
规　　格　开本 / 850×1168毫米　1 / 32
　　　　　印张 / 8.375　字数 / 200千字
书　　号　ISBN 978-7-106-04589-0 / I·1126
定　　价　38.00元